宋·黄大舆 編

梅苑

中國書店

詳校官檢討臣德生

臣紀昀覆勘

欽定四庫全書　　　集部十

梅苑　　　　　　詞曲類　詞選之屬

提要

臣等謹案梅苑十卷宋黃大輿編大輿字載萬錢曾讀書敏求記引王灼之語云字載方殆書萬為万又訛万為方如蕭方等之轉為萬等歟其爵里未詳厲鶚宋詩紀事稱為蜀人亦以原序自署岷山耦耕及成都文類載

其詩以意推之耳無確證也王灼稱大輿歌詞與唐名輩相角其樂府號廣變風有賦梅花數曲亦自奇特然樂府今不傳惟此集僅存所録皆詠梅之詞起于唐代止于南北宋間自序稱己酉之冬抱疾山陽三徑掃迹所居齋前更植梅一株晦朔未周畧已粲然於是録唐以來才士之作以為齋居之玩命之曰梅苑考己酉為建炎二年正高宗航海之

歲山陽又戰伐之衝不知大輿何以獨蕭閒
編輯是集殆己酉字有誤乎昔屈宋徧陳香
草獨不及梅六代及唐篇什亦寥寥可數自
宋人始絶重此花人人吟咏方回撰瀛奎律
髓于著題之外别出梅花一類不使溷于羣
芳大輿此集亦是志也雖一題裒至數百闋
或不免窠臼相因而刻畫形容亦往往各出
新意固倚聲者之所採擇也集中兼采蠟梅

蓋二花別種同時義可附見至九卷兼及楊梅則務博之失不自知其泛濫矣乾隆四十九年閏三月恭校上

總纂官臣紀昀臣陸錫熊臣孫士毅

總校官臣陸費墀

梅苑序

自瓊林琪樹瑶華緑蕚之異不列於人間目所常覩如予東園之梅可以首衆芳矣若夫呈妍月夕奪霜雪之鮮吐嗅風晨聚椒蘭之酷情涯殆絶鑒賞斯在莫不抽毫遣滯劈緜舒聚名楚雲以興歌命燕玉以按節然則妝臺之篇賓筵之章可得而述焉己酉之冬予抱疾山陽三徑掃迹所居齋前更植梅一株晦朔未逾略已粲然於是録唐以來詞人才士之作以為齋居之翫目之

曰梅苑者詩人之義託物取興屈原製騷盛列芳草今之所録蓋同一揆聊書卷目以貽好事云岷山耦耕黄大輿載萬序

欽定四庫全書

梅苑卷一

宋　黄大輿　編

勝勝慢　　闕名

欺寒衝暖占早爭先江南又報南枝暗香疎影偏宜映月臨池天然素肌瑩骨笑等閒紅紫芳菲勞夢想正玉人嬌困弄粉妝遲　長恐行歌聲斷尤堪恨無情塞管輕吹寄遠丁寧折贈隴首相思前村夜來雪裏滯東君

須索饒伊爛漫也算百花猶自不知

又

嚴凝天氣近臘時節寒梅暗綻疎枝素豔瓊苞盈盈掩映亭池雪中欺寒探暖替東君先報芳菲暗香遠把荒林幽圃景致妝遲 別是一般風韻超羣卉不待淡蕩風吹雅態儀容特地惹起相思折來畫堂宴賞向尊前吟咏憐伊漸開盡算閒花野草怎知

又

寒應消盡麗日添長百花未敢先拆冷豔幽香分過溪南春色調酥旋成素蘂向碧瓊枝頭勾滴愁腸斷怕韶華三弄雪映溪側　應是酒闌人靜香散處惟見玉肌氷格細細疎風清態爲誰脈脈芳心向人似語也相憐風流詞客待宴賞伴嫦娥和月共摘

漢宮春　李漢老

瀟灑江梅向竹梢疎處横兩三枝東君也不愛惜雪壓霜欺無情燕子怕春寒輕失花期却自有年年塞鴈歸

來曾見開時　清淺小溪如練問玉堂何似茆舍疎籬傷心故人去後冷落新詩微雲淡月對江天分付他誰空自憶清香未減風流不在人知

又

梅蕚知春見南枝向暖一朶初芳冰清玉麗自然賦得幽香煙庭水榭更無花爭染春光休謾說桃夭杏冶年年蝶鬧蜂忙　立馬竚凝情久念美人自別鱗羽茫茫臨岐記伊尚帶宿酒殘妝雲踈雨闊怎知他千里思量

除是託多情驛使殷勤折寄仙鄉

又

雪打風催正籬枯辟盡却有寒梅衰柳敗蒲礙眼喜見芳蕾江村路曲問青帘與酌餘醅須憑取東君爲我一枝先寄春來　寂寞槿門牛巷有清香自倚不怕低回終須會逢賞目健步移栽孫芳素豔敢煩他蜂蝶相陪偏愛有春風靳惜同時不放花開

又

點點江梅對寒威强出一卉新奇零珠碎玉爲誰密上
南枝幽香冷豔縱孤高却遣誰知惟只有江頭驛畔征
鞍獨寫遲遲　聊撚粉香重閣問春來甚日春去何時
移將院落算應未肯頭低無人共折傍溪橋雪壓霜欺
君不見長安陌上只誇桃李芳菲

又　蠟梅　張子野

紅粉莟牆透新春消息梅粉先芳奇葩異卉漢家宮額
塗黄何人鬬巧運紫檀翦出蜂房應爲是中央正色東

君别與清香　仙姿自稱霓裳更孤標俊格非雪凌霜
黄昏院落爲誰密解羅囊銀瓶注水浸數枝小閣幽窗
春睡起纖條在手厭厭宿酒殘妝

江梅引　柳耆卿

年年江上見寒梅幾枝開暗香來疑是月宫仙子下瑶
臺冷豔一枝雖在手斷魂遠相思切寄與誰　怨極恨
極嗅玉蘂念此情家萬里暮霞散綺楚天外幾片斜飛
爲我多情特地點征衣我已飄零君又老正心碎那堪

聞塞管吹

水龍吟

夜來深雪前村路應是早梅初綻故人贈我江南春信南枝向暖疎影横斜暗香浮動月明清淺向亭邊驛畔行人立馬頻回首空腸斷　別有玉溪仙館壽陽人初匀粉面天教占了百花頭上和羮水晚敢是傷情最高樓上一聲羌管仗誰人説與爭如留取倚闌干看

又

雪霏冰結霜凝是誰透得春工意南枝向暖江邊嶺上
獨先衆卉開態幽姿緑窗紅蒂粉英金蘂念冰膚秀骨
人間要見除非是眞仙子　羌管且休橫吹待佳人新
妝初試鸞臺曉鑑人花相對何須更比疎影橫斜暗香
浮動月低風細又豈知漸結枝頭翠玉有和羹美

又　孔方平

歲窮風雪飄零望迷萬里雲垂凍紅綃碎剪凝酥繁綴
煙深霜重疎影沈波暗香和月橫斜浮動悵別來欲把

芳菲遠寄還羌笛吹三弄　寂寞玉人睡起汚殘妝不
勝姣鳳盈盈山館紛紛客路相思誰共才與風流賦稱
清豔多情惟宋玉算襄王枉被梨花瘦損又成春夢

又

去年今日關山路疎雨斷䰟天氣據鞍驚見梅花的皪
籬邊水際一枝折得雪妍冰麗風梳雨洗正水村山館
倚闌愁寄有多少春情意　好是孤芳莫比自不分歌
梁舞地砌香樹影高禪文友清談相對琴韻初調茗甌

催淪爐薰欲試向此時一段風流付與晉人標致

又　　孔處度

數枝凌雪乘冰嫩英半吐瓊酥點南州故苑何郎遺詠
風臺月觀疎影横斜暗香浮動水寒雲晚笑浮花浪蘂
嬌春萬重空零落愁鶯燕　遊子寂寞暮景向天邊幾
回相見玉人纖手殷勤攀贈欲待微吩越使歸來漢宮
妝罷昭華流怨念湘江夢杳窗前疑是此情何限

又

淡湮池館霜飇乍緊又是年華暮黄花老盡丹楓舞困江梅初吐點綴南枝暗傳春信玉苞微露凭危闌空斷誰家素臉遥山遠空凝竚　昨夜一枝開處正前村雪深幽曙看來只恐瑶臺雲散玉京人去庾嶺寒餘漢宫妝曉飛堆行雨仗誰人惜取孤芳雅致作春光主

念奴嬌　李久善

東君試手向南枝着意爭先時節縱有丹青誰便忍輕點肌膚冰雪色借瓊瑰香分蘭麝先自標孤潔銜寒獨

秀悞他多少蜂蝶　縞練不染緇塵算來只合是廣寒
宮闕未問陽和先占取前村一溪風月留取清芬主張
眞態驛使休輕折梢頭青子異時風味甚別

又　朱希眞

見梅驚嗅問經年何處收香藏白似語如愁却問我何
苦紅塵久客觀裏栽桃仙家種杏總是成踈隔千林無
伴淡然獨傲霜雪　且與管押春回孤標爭肯接雄蜂
雌蝶豈是無情知受了多少淒涼風月寄隴人遙和羹

心在忍使芳菲歌溪邊憔悴可憐誰爲攀折

又

雨肥紅綻把芳心輕吐香噴清絶日暮天寒獨自倚修竹冰清玉潔待得春來百花若見掩面應羞殺當風抵雨犯寒則怕吹雲　瀟灑愛出牆東途中遥望已慰人心渴鬬壓闌干人面共花面難分優劣嚼蘂尋香凌波微步雪沁呉綾襪玉纖折了殢人須要斜插

又　曾公袞

片帆暮落正前村梅蘂愁人如雪南陌西溪長記得疎影横斜時節六出冰姿玉人微步笑裏輕輕折蘭房沉醉暗香曾共私竊　回首萬水千山一枝重見處離腸千結料想臨鸞消瘦損時把啼紅浥怎得伊來許多幽恨共撚青梢說如今千里斷魂空對明月

又　　蘇仲及

問梅何事對巖東微笑暗中輕馥韻絶姿高直下視紅紫端如童僕遶樹千回臨風三嗅待與論心曲何人還

觧爲伊特地青目　瀟灑些些箇精神誰憐孫瘦正無語幽獨不許春知應自負一生風月心足傲雪難陪欺霜無伴耿耿横修竹紛紛桃李總嫌姿韻粗俗

又　邵公濟

天然瀟灑盡人間無物堪齊標格只與嫦娥爲伴侶方顯一家顔色好是多情一年一度首作東君客竹籬茆舍典型别是清白　惆悵玉杵無憑藍橋人去空鎖神仙宅今日天涯憑馬上忽見輕盈冰魄恰似當年温柔

鄉裏曉看新妝額臨風三嗅挽條不忍空摘

又

歲華漸杪又還是春也難禁愁寂欲探疎梅獨自個尋訪山村水驛路轉斜溪竹低牆短應是瑤姬宅玉粧不動月輪寒浸國色　回首故國風光只因清好重作江南客堪笑廣平爭解我羈旅芳心脈脈不惜鉛華枝頭雪霽愈見香肌白高樓且住憑渠一弄羌遂

又

蘭枯蕙死向竹齋深處誰傳消息霜雪蘩中渾似箇縹緲吳人標格絳萼微深瓊苞不露自與塵凡隔黃昏送見一枝煙淡籠白　曾記霧閣雲窗飛香篆佳句應難得道韞能文終未勝瀟灑風流姿質待到春來滿城桃李相並無顏色殷勤囑付畫樓休品長笛

花心動

偏憶江梅有塵表丰儀世外標格低傍小橋斜出疎籬似向隴頭曾識暗香孤韻冰霜裏初不怕春寒要勒問

桃李賢門乍生向前爭得　省共蕭娘去摘玉纖映瓊枝照人一色淡粉暈酥多少工夫到得壽陽宮額再三畱待東君管都攘醉別花不惜但只恐高樓又三弄笛

又 蠟梅

春欲來時看雪裏新梅品流珍絕氣韻楚江顏色中央數朵巧鎔香蠟嫩苞珠淚圓金燭嬌腮潤蜂房微缺畫欄悄佳人道妝醉吟風月　淡白輕紅謾說算何事東君用心偏別賦與異姿添與清香何堪苦寒時節但教

開後金尊滿休惆悵落時歌闋斷腸也繁枝爲誰贈折

賞南枝　曾子固

暮冬天地閉正木凍折瑞雪飄飛對景見村南嶺梅露幾點清雅容姿丹染萼玉綴枝又豈是一陽有私大抵是化工獨許占却先時　霜威莫苦凌持此花根性想羣卉爭知貴用在和羹三春裏不管綠是紅非攀賞處宜酒卮醉撚嗅幽香更奇倚闌干何人去囑羌管休吹

洞庭春色

絳蕚欺寒暗傳春信一枝乍芳向籬邊竹外前村雪裏青梢猶瘦踈影溪傍惹露和煙凝酥豔似瀟灑玉人初試妝江南路有多情竚立迴盡柔腸　倚樓最難忘處正皓月千里流光縱廣平心勁難思麗句少陵詩興猶愛清香休怪東君先畱意問他日和羹誰又强還輕許笑凌空檜影松蔭交相

孤鴈兒　並序　　李易安

世人作梅詞下筆便俗予試作一篇乃知前言不妄

耳
藤牀紙帳朝眠起説不盡無佳思沉香斷續玉鑪寒伴
我情懷如水笛聲三弄梅心驚破多少春情意
小風疎雨蕭蕭地又催下千行淚吹簫人去玉樓空腸
斷與誰同倚一枝折得人間天上沒箇人堪寄

沁園春

山驛蕭踈水亭清楚仙姿太幽望一枝穎脫寒流林外
爲傳春信風定香浮斷送光陰還同昨夜葉落從知天

下秋憑闌處對冰肌玉骨姑射來遊　無端品笛悠悠
似怨感長門人淚流奈微酸已寄青青杪助當年太液
調鼎和𩟗樵嶺漁橋依稀精彩又何藉紛紛俗士求孤
標在想繫紅闌紫應與包羞

眞珠髻 紅梅

重重山外冉冉流光又是殘冬時節小園幽徑池邊樓
畔翠木嫩條春别纖蘂輕苞粉萼染猩猩鮮血乍幾日
好景和風次第一齊催發　天然香豔殊絶比雙成皎

皎倍增芳潔去年因遇東歸使指遠恨意曾攀折豈謂
浮雲終不放滿枝明月但歎息時飲金鍾更遶叢叢縈
雪

遠朝歸

金谷先春見乍開江梅晶明玉膩珠簾院落人靜雨疎
煙細橫斜帶月又別是一般風味金尊裏任遺英亂點
殘粉低墜 惆悵杜隴當年念水遠天長故人難寄山
城倦眼無緒更看桃李當時醉魄算依舊褁回花底斜

陽外謾回首畫樓十二

又

新律纔交早舊梢南枝朱污粉臙煙籠淡妝恰值雨膏初細而今看了記他日酸甜滋味多應是伴玉簪鳳釵低椏斜墜　迤邐對酒當歌眷戀得芳心竟日何際春光付與尤是見欺桃李叮嚀寄語且莫負尊前花底拚沉醉儘銅壺漏傳三二

擊梧桐

雪葉紅凋煙林翠減獨有寒梅難竝瑞雪香肌碎玉奇姿迥得佳人風韻清標暗折芳心又是輕洩江南春信最好山前水畔幽閒自有橫斜疎影 盡日凭闌尋思無語可惜飄瓊飛粉但悵望王孫未賞空使清香成陣怎得移根帝苑開時不與衆芳近免教向深巖暗谷結成千萬恨

泛蘭舟

霜月亭亭時節野溪開冰灼故人信付江南歸也仗誰

托寒影低橫輕香暗度疎籬幽院何在秦樓朱閣稱簾幙　攜酒共看依依承醉更堪作雅淡一種天然如雪綴煙薄腸斷相逢手撚嫩枝追思渾似那人淺妝梳掠

十月梅

千林凋盡一陽未報已綻南枝獨對霜天冒寒先占花期清香映月浮動臨淺水疎影斜欹孤標不似緑李夭桃取次成蹊　縱壽陽妝臉偏宜應未笑天然雅態冰肌寄語高樓凭欄羌管休吹東君自是爲主調鼎鼐終

付他時從今點綴百草千花須待春歸

梅苑卷一

梅苑卷二

宋　黄大輿　編

驀山溪　曹元寵

洗妝眞態不在鉛華御竹外一枝斜想佳人天寒日暮黄昏小院無處着清香風細細雪垂垂何況江頭路月邊疎影夢到消魂處結子欲黄時又須着廉纖細雨孙芳一世供繼有情愁消瘦却東陽也試問花知否

又

冰肌玉骨不與凡花數一點破清香這心情更誰為主
愁春歸晚時被雨廉纖瓊枝上淚淋浪似恨孤芳處
幽姿標格獨向江頭路擬待使君來把芳心叮嚀分付
疎籬茆舍回首試輕辭爭望遠嫁東風對玉堂同處

又

梅傳春信又報年華晚昨夜半開時似雪到梢頭未遍
凝酥綴粉綽約玉肌膚香黯淡月朦朧誰是黃昏伴

故園深處想見孤根暖千里未歸人向此際只回淚眼

憑誰爲我折寄一枝來凝睇久俯層樓忍更聞羌管

又

清江平淡疎雨和煙染春在廣寒宮付江梅先開素豔

年年第一相見越溪東雲體態雪精神不把年華占

山亭水榭别恨多銷黯又是主人來更不辜香心一點

題詩才思清似玉壺冰輕回顧落尊前桃杏聲華減

又

素萼淡注自是東君試占斷隴頭光正雪裏前村獨步
一枝竹外日暮怯輕寒山色遠水聲長寂寞江頭路
小橋斜渡人靜銷䰟處淡月破黄昏影浮踈清香晴度
竹籬茅舍斜倚爲誰愁應有恨負幽情惟恐風姨妒

又

沙塘水淺又一番春信玉體不知寒襯修篁幾萼隱映
幽香荏苒不讓灑薔薇彎月冷漫連漪雲斷清香影
朱扉深處謝絶塵埃境百草未開花獨悍然教伊孤冷

東風世態只戀碧桃枝曲玉管且休吹免使成遺恨

又

前村昨夜先報春消息庾嶺一枝開見行人頻頻顧惜

東君布巧妝蘂似裁雲踈竹外小溪邊雪裏藏春色

朔風吹綻不假和風折根暖獨享嘉向百花頭先占得

高樓羌笛且勸莫悽然協帝夢起商巖須盡調羹力

又

冰肌玉骨不假鉛黄借豈是占年芳又只恐嫌春不嫁

十分清瘦可憐有閒愁沙路晚雪村晴半幅江南畫林間繫馬曾憶闗山夜醉袖惹香歸悞幾回燈前嬌雅如今老矣無計奈春何人去後獨來時風月閒亭榭

又

前村雪裏度一枝春信沉自占年芳淡妝梳常嫌脂粉櫻唇輕捧何似鶴頭紅香陣陣迴輿認摘有金巵醧佳人嗅處微把香塵噴懊惱故無言使人看重重再問它年寄與惟有隴頭人春未困香尤嫩好與添風韻

又

郊居牢落一水流清淺憶得去年冬數枝梅低臨水畔

今朝重見把酒祝東風和雪看整凝眸宛若江南岸

浮生暫爾勸汝休嗟歎不覺失芳心柳腰兒纖纖仍換

一朝光景休恁作渾閒春不遠且追遊又辦尋芳宴

又

重黎默運可意縈人處清楚玉蕤仙獨幽棲村溪月塢

冰腮露鬢佳致在西湖月出早雪消遲立馬紅牆序

寒梢微萼點點蠅頭許欲露小檀心似生怕施朱紅紫
返魂香細堪弔獨醒人臨澤國襲清風且咏離騷句

又

前村雪裏漏洩春光早似待故人來東芳心幽香未老
溪邊昨夜雨過却參横雲旖旎玉玲瓏不遣纖塵到
無情有意寂寞誰知道幽夢覺來時淡無言風清月瞭
何郎去後憔悴少新詩空悵望倚樓人玉笛霜天曉

又

竹籬茆舍底是藏春處玉蕋鎖檀心帶黄昏輕煙細雨
神清骨瑩端似雪堂仙臨歲晚傲寒威寂寞江村佳
瓊林閬苑有信終啼去冷暖笑凡情辨南枝北枝幾許
靈芳絶豔知肯爲誰容東閣裏西湖畔總與花爲主

又

歲寒遼邈望斷江南信牆外一枝斜對蘭堂綺羅隱映
水清月淡疑是壽陽妝煙浪急小橋横點點疎清影
天姿瀟灑不減瑶臺韻占斷玉樓春被松筠笑他孤冷

幽人何在無處覓餘寒疎雨過淚痕深枉了柬腸恨

又　翦綵梅花

危欄獨倚往事思量遍迴首掩朱扉斂雲鬟閒拈針線
輕羅碎翦縫箇小梅花燈閃閃夜沈沈玉指輕輕撚
寒苞素豔渾似枝頭見半折與初開誰贏得江南手段
玉冠斜插惟恨欠清香風動處月明時不怕吹羌管

又　墨梅荆楚間鴛鴦梅賦此　周忘機

江南春信望斷人千里魂夢入花枝染相思同心並蒂

鴛鴦名字贏得一雙雙無限意凝煙水念遠教誰寄
毫端寫興莫把丹青擬墨客要卿卿想臨池等閒抗洗
香衣黯淡元不浣細塵憐縞袂東風裏只恐于飛起

又 畫梅

孤村冬杪有景眞堪畫茆含遶踈籬見一枝寒梅瀟灑
欲將詩句擬待說包容辭未盡意悠悠難把精神寫
臨溪踈影都是前人話此外更何如更須索良工描下
明窗淨几長做小圖看高樓笛儘放吹不怕隨聲謝

又 蠟梅

黃苞初綻誰向江南寄天賦與清香笑紅顔呈顔逞媚
低垂花面不與衆爭妍尚何未先羣卉獨禀中央氣
何須施巧點綴芳叢裏只恐暗尋香誤蜂兒歸來故壘
玉纖折處金鍾色相宜朔風寒空雪墜痛賞休辭醉

又 蠟梅

梅梢破蕚已見春心了別有淡容儀又不與嫣然同笑
東風翦蠟簇作鬧蛾兒冰未泮水猶寒散在千林表

輕衫小帽行盡荒山道一點麝臍香惱看人多多少少

月斜門掩消損怕黄昏情影亂翠幃深且喜歸來早

又 蠟梅

小山蒼翠竹影横窗畔青縷斷薰爐覺身居風臺月觀

清香招近誰爲值幽叢全作蓓蕾成花尚帶鵞黄淺

漢宫半額未許人間見不比嶺前梅問無因天高水遠

宜煙宜雨淡淡一枝春蘂好與綴新詩只恐冰生硯

又 蠟梅

江南春信已過長安路柳眼尚貪眠又爭知先傳春去
東風漏洩休更殢垂楊深雪裏一枝開誰占先春處
當時馬上回首曾凝顧水淺月黄昏倚瓊枝誰家亭户
一聲羌管遺恨到如今憑欄處賞花時莫使花輕負

又 梅野

當時曾見上苑東風暖今歲却相逢向煙村亭邊驛畔
垂鞭立馬一晌黯無言江南信壽陽人悵望成腸斷
瓊妝雪綴滿野空零亂誰是倚闌干更那堪哀笳羌管

疎枝殘蘂猶嬾不嬌春水清淺月黃昏冷淡從來慣

梅花引　　劉均國

千里月千山雪梅花正落寒時節一枝昂一枝藏清香冷豔天賦與孤光孤光似被珠簾隔風度煙遮好顏色粉垂垂玉纍纍先春挺秀不管百花知　似霜結與霜別莫使幽人容易折短牆邊矮窗前横斜峭影重疊鬬嬋娟黄昏慣聽樓頭角只恐聽時零亂落醉來看縈絆麗人瀟灑倚闌干

又

園林靜蕭索景寒梅漏泄東君信探春回探春回四時却被伊家苦相催江村畔開爛漫看看又近年光晚綻芬芳噴清香壽陽宮裏愛學靚梳妝　天桃紅杏誇顏色爭似情懷雪中折冐嚴寒冐嚴寒遊蜂戲蝶莫作等閑看故人別後知何處春色嶺頭逢驛使贈新詩折高枝樓上一聲羌管不須吹

綠頭鴨

歛同雲破臘雪霽前村占陽和孤根先暖數枝已報新
春如青女謾同素質笑姑射難竝天真疎影橫斜澄波
清淺暗香浮動月黃昏山驛畔行人立馬回首幾銷魂
江南遠隴使趁程踏盡冰痕　有箇人人玉肌偏似移
我索對金尊撚纖枝鬢邊斜戴嗅芳蘂眉暈潛分素臉
籠霞香心噴日壽陽妝罷酒初醒待調鼎須貪結子忍
見落紛紛宿天曉愁聞畫角聲斷譙門

花犯　周美成

粉牆低梅花照眼依然舊風味雪痕輕綴凝淨洗鉛華無限清麗去年勝賞曾孤倚冰盤同讌喜更可惜雪中高樹香篝薫素被　今年對花最悤悤相逢似有恨依依愁悴凝望久青苔一簇春飛墜相將見脆圓薦酒人正在空江煙浪裏但夢想一枝瀟灑黄昏斜照水

金盞倒垂蓮

依約疎林見盈盈春意幾點霜蕤應是東君試手作芳菲粉面倚天風微笑是日暖雪已晴時人靜么鳳翩翩

踏碎殘枝　幽香渾無着處甚一般雨露獨占清奇淡月疎雲何處不相宜陌上報春來也但緑晴青子離離桃香應伏先容次第追隨

梅香慢

高閣寒輕映萬朶芳梅亂堆香雪未待江南早冠百花先占一陽佳節翦綵凝酥無處學天然奇絶便壽陽妝工夫費盡豔姿終别　風裏弄輕盈掩珠英明瑩待蠟飄烈莫放芳菲歇剩永宵歡賞酒酣吟折倒玉何妨且

聽取尊前新闋怕笛聲長行雲散盡謾悲風月

罥馬索

曉窗明庭外寒梅向残月呉溪庾嶺一枝偷把陽春洩冰姿素豔自然天賦品格眞香殊常别奈北人不識南枝喚作臘前杏花發　奇絶照溪臨冰素禽飛下玉羽瓊芳閑清潔懊恨春來何晚傷他鄰婦爭先折多情立馬待得黄昏踈影斜些微酸結恨馬融一聲羌笛起處紛紛落如雪

甘露歌　王介甫

折得一枝香在手人間應未有疑是經春雪未消今日是何朝盡日含毫難比興都無色可竝萬里晴天何處來眞是屑瓊瑰天寒日暮山谷裏的皪愁成水池上漸多枝上稀唯有故人知

大么令　晏丞相

雪殘風信悠颺春消息天涯倚樓新恨楊柳幾絲碧還是南雲鴈少錦字無端的寶釵瑶席香裏歌聲拚作尊

前未歸客　遥想踈梅此際月底香英白别後誰遶前溪手揀繁枝摘莫道傷高恨遠付與臨風笛儘堪愁寂花時往來更有多情箇人憶

定風波慢

漏新春消息前村數枝楚梅輕綻鬬雪豔精神冰膚淡紵姑射依稀見冷香凝金蘂淺青女饒伊妒無限堪羨似壽陽粧閣初匀粉面　纖條緑染異羣葩不似和風扇向深冬免使遊蜂舞蝶撩撥春心亂水亭邊山驛畔

立馬行人暗腸斷吟戀又忍隨羌笛飄零千片

慶春澤

曉風嚴正蕭然兔園薄霧微罩梅漸弄白聳危苞匀勝胭脂半點瓊瑰小望江南信息何杳縱壽陽妍姿學就新妝暗香須少　幽豔滿寒梢更遊蜂舞蝶渾無飛遶天賦品格借東皇施巧孤根占得春前俊笑雪霜謾欺容貌況此花高強終待和羹肯饒芳草

風流子　李坦然

東君雖不語年華事今歲恰如期向寒雨望中曉霜清處領些些春意開兩三枝又不是山桃紅爛錦溪柳綠揺絲別是一般孤高風韻絳裁纖蕚冰翦芳蕤　清香遠有意輕𩑦度勾引幾句新詩須是放懷追賞莫恁輕離更嫦娥爲愛寒寒光滿地故移疎影來伴南枝誰道壽陽妝淺偏入時宜

尉遲杯

歲云暮歎光陰苒苒能幾許江梅尚怯餘寒長安信音

猶阻春風無據凭闌久欲去還凝竚憶溪邊月下裵回暗香疎影庭户　朝來凍解霜消南枝上香英數點微露把酒看花無言有淚還是那時情緒花依舊辰妝何處謾引得花前愁千縷儘高樓畫角頻吹任教紛紛飛絮

木蘭花慢

望陽生漸布見梅萼暖初回向雪裏一枝纔苞素豔已占春臺煙籠半含粉面透清香暗觸滿襟懷可惜前村

望斷魏林庾嶺栽培　皚皚嫩蘂清光凝笑也恁風猥
但折取行人途中對酒不用尊罍分芳正當歲暮謾休
誇桃李苦相催早報明年律應又還依舊先開

又

飽經霜古樹怕春寒趂臘引青枝逗一點陽和隔年信
息遠報佳期淒豔未容易吐但凝酥半面點胭脂山路
相逢駐馬暗香微染征衣　風前裊裊含情雖不語引
長思似怨感芳姿山高水遠折贈何遲分明爲傳驛使

寄一枝春色寫新詞寄語市橋官柳此先占了芳菲

最高樓

梅花好千萬君須愛比杏兼桃猶百倍分明學得嫦娥樣不施朱粉天然態蟾宮裏銀河畔風霜耐　嶺上故人千里外寄去一枝君要會表江南信相思嘁清香素豔應難對滿頭宜向尊前戴歲寒心春消息年年在

尾犯

輕風淅淅正園林蕭索未回暖律嶺頭昨夜寒梅初發

一枝消息香苞漸坼天不許雪霜欺得望東吳驛使西
來爲誰折贈春色　王瑩冰清容質迥不同羣花品格
如曉妝匀罷壽陽香臉徐妃粉額好把瓊英摘頻醉賞
舞筵歌席休待聽嗚咽臨風數聲月下羌笛

望遠行

重陰未解又早是年時梅花爭綻暗香浮動疎影横斜
月淡水清亭院好是前村雪裏一枝開處昨夜東風布
暖動行人多少離愁腸斷凝戀　天賦自然雅態似壽

陽初勻粉面故人折贈欣逢驛使只恐隴頭春晚寄與
高樓休學龍吟三弄留取瓊花爛漫正有人同倚闌干
爭看

寶鼎現

東君着意化工恩被灼灼妖豔裊嫩梢輕善縈風惹露
偏早香英綻似向人故矜誇標致倚欄全如顧盼尚困
怯餘寒柔情弱態天真無限　斷橋壓柳時非淺先百
花風光獨占當送臘初歸迎春欲至芳姿偏婉孌料碎

翦就繒紈輝麗更把胭脂重染自賦得一般容治宛勝神仙妝臉面折送小閣幽窗酷愛處令親几硯儘孜孜觀賞不枉人稱妙選待密付如膏雨澤取次仍妝點任擾擾百卉千花掩迹一時羞見

望梅花　蒲傳正

一陽初起暖力未勝寒氣堪賞素華長獨秀不並開紅抽紫青帝只應憐潔白不使雷同衆卉　淡然難比粉蝶豈知芳蘂半夜捲簾如乍失只在銀蟾影裏殘雪枝

頭君認取自有清香旖旎

又

寒梅堪羡堪羡輕苞初展被天人製巧妝素豔羣芳皆賤碎翦月華千萬片綴向瓊枝欲遍　小庭幽院雪月相交無辨影玲瓏何處臨溪見謝家新宴別有清香風際轉縹緲着人頭面

梅苑卷二

欽定四庫全書

梅苑卷三

宋 黄大輿 編

喜遷鶯

闕名

南枝向暖乍秀出庾嶺梅英初吐玉頰輕勻瓊腮淡抹姑射冰容相許幾回立馬凝竚影映寒光霜妒喜盡占在百花頭上嚴冬獨步 芳華春意早昨夜一番雪裏開無數萬蘂千梢鉛堆粉汚總是化工偏賦月明暗香

浮動休使龍吟聲苦且留取待時時頻倚闌干重顧

又

臘殘春未正後館梅開牆陰雪裏冷豔凝寒孤根回暖昨夜一枝春至素葩暗香浮動别有風流標致謝池月最相宜疎影横斜臨水　誰為傳驛隴上故人不見今千里寄與東君徒教知人别後歲寒清意亂山萬疊何在但有飛雲天際故園好早歸來休戀繁桃穠李

又　趙温之

瓊姿冰體料瑩光乍傳廣寒宫裏北陸寒深南園春先
此後萬花方起翦霞鬬萼裁蘂砌出天與高致大瀟灑
最宜雪宜月宜亭宜水　好是天涯庾嶺上萬株浮動
香千里憑寫橫斜鬟插垂髫占盡秀骨清意醉魂易醒
吟興信來佳思無際爲傳語向東風甘使無言桃李

又

霜凝雪沍正斗標臨丑三陽將近萬木凋零羣芳消歇
某苑有梅初盛異香似薰沈水素色端如玉瑩人盡道

第一番天遣先占春信　標韻尤耿耿月觀水亭誰解
憐疎影何遜楊州拾遺東閣一見便生清興望林止渴
功就不數夭桃繁杏歲寒意看結成秀子歸調商鼎

又

一陽初起漸庾嶺梅雪才苞香蘂品格清高姿容閑雅
別變化工深意放開獨占嚴景不使混同凡卉微雨霽
似玉容寂寞無言有淚　難比凝素態不共豔陽桃杏
爭妍麗疑是佳人巧撚香酥枝上玉纖輕綴前村可惜

無賞好近天庭堦砌成實後有調和鼎鼐一般滋味

折紅梅　梅花館小槀　吳感

喜冰澌初泮微和漸入東郊時節春消息夜來頓覺寒梅數枝爭發玉溪仙館不是箇尋常標格化工別與一種風情似匀點胭脂染成香雪　重吟細閱比繁杏夭桃品格眞別只愁共綵雲易散冷落謝池風月憑誰向說三弄處龍吟休咽大家留取時倚闌干聞有花堪折勸君休折

又

隴上消殘雪曲水流斷淑氣潛通羣花冷來吐夜來梅蕚數枝繁紅先奪化工發豔色不染東風信凭曉風難壓精神占青春未上別是標容　天香漸杳似蓬闕王妃酒困嫣慵只愁恐上陽愛惜和種移向瑶宫西歸驛使折贈處庾嶺溪中又須寄與多感多情道此花開早未識遊蜂

又

倚花欄清曉裵回探得南枝初綻通春意漏巧鬬奇東君首先回暖盈盈素面剛强點胭脂深淺是他自有標格清香迯千種妖嬈萬般閒遠　移時細看算濃雪嚴霜怎生拘管也擬是小桃未蘂依約杏添清伴笛聲休怨怕恐使羣芳零亂待須把酒守着花枝願期與花枝

又長相見

又

憶筵歌筵上忽見了伊一尊相别紅爐暖畫簾繡閣曾共

鬢邊斜插南枝向暖此檻裏春風猶怯也應别後不減
芳菲念咫尺闌干甚時重折　清風間發如天與濃香
粉匀檀頰紗窗影故人凝處吟落暮天殘雪一軒明月
悵望花爭清切便教儘放都不思量也須有驀然上心
時節

又

覩翔南征鴈疎林敗葉凋霜零亂獨紅梅自守歲寒天
教最後開綻盈盈水畔疎影蘸橫斜清淺化工似把深

色胭脂怪姑射冰姿剩與紅間　誰人寵眷待金鎖不
開凭闌先看曾飛落壽陽粉額妝成漢宮傳滿江南風
暖春信喜一枝清遠對酒便好折取奇葩撚清香重嗅
舉杯重勸

梅花曲 以介父三詩度曲　劉伯壽

漢宮中侍女嬌額半塗黃盈盈粉葩凌時寒玉體先透
薄裝好借月魂來娉婷畫燭旁惟恐隨陽春好夢去所
思飛揚　宜向風亭把盞酬孤豔醉永夕何妨雪逕蕊

眞凝密降回輿認暗香不爲藉我作和羹肯放結花手
狂向上林留此占年芳

又

結子非貪有香不俗宜當鼎鼐嘗偶先紅紫度韶華玉
笛占年芳衆花雜色滿上林未能教臘雪埋藏却怕春
風漏洩一一盡天香不須更御鉛黃知骨色稟自天眞
殊常紙裁雲縷奈芳滑玉體想仙裝少陵爲爾東閣美
豔激詩腸當已陰未雨容光無心賦海棠

又

淺淺池塘深深庭院復出短短垣牆年年為爾若九真巡會寶惜流芳向人自有綿緲無言深意深藏傾國傾城天教與抵死芳香裊鬢金色輕危欲壓綽約冠中央蒂團紅蠟蘭肌粉豔巧能妝嬋娟一種風流如雪如冰衣霓裳冰日依倚春風笑海棠

滿庭霜　李西美

白玉肌膚清冰神彩仙妃何事煙村自然標韻羞入百

花羣不易盈盈瘦質犯寒臘獨作春温溪橋外斜枝半
吐行人一銷䰟　清香無處着雪中暗認月下空聞算
誰許幽人相伴芳尊莫放高樓弄笛忍教看雪落紛紛
堪調鼎濛濛煙雨滋養待和羹

又

一種江梅偷傳春信夜來先綻南枝嫩苞寒萼妝點綴
胭脂雪裏渾迷素質明月下惟有香肌山村路人家舍
窄低亞水邊籬　偏宜壽陽女新妝淡淡粉面曾施更

胡笛羌管塞曲爭吹陌上行人暫聽香風發都入愁眉
音書杳天涯望斷折寄擬憑誰

又　李易安

小閣藏春閒窗鎖晝畫堂無限深幽篆香燒盡日影下
簾鈎手種江梅更好又何必臨水登樓無人到寂寥渾
似何遜在楊州　從來知韻勝難堪雨藉不耐風柔更
誰家橫笛吹動濃愁莫恨香銷雪減須信道掃迹情畱
難言處良宵淡月疎影尚風流

又 墨梅　　周忘機

脂澤休施鉛華不御自然林下眞風欲窺餘韻何處問仙踪路壓横橋夜雪看暗淡殘月朦朧無言處丹青莫擬誰寄染毫工　遥通塵外信寒生墨暈依約形容似疎疎斜影蘸水摇空收入雲窗霧箔春不老芳意無窮梨花雨飄零盡也難入夢䰟中

又 蠟梅

園林蕭索亭臺寂静萬木杳凍凋傷曉來初見一品蠟

梅芳疑是黃酥點綴超羣卉獨占中央堪閒翫檀心紫
蕊清雅噴幽香　華堂歡會處陶陶共醉相勸瑤觴進
風流閑早不畏嚴霜才子佳人屬意摛新句吟咏詩章
歌筵罷醺醺歸去蟾影照迴廊

黃鶯兒　王晉卿

多情春意憶時節北園人來傳道江梅依稀芳姿數枝
新發誇嫩臉着胭脂膩滑凝香雪問他還記年時正好
相看因甚輕别　情切往事散浮雲舊恨成華髮早知

空對綺檻雕欄孜孜望人攀折愁未見苦思量待見重
端疊願與永傚髙唐雲雨芳菲月

又

香梢匀蕊先回暖點點胭脂輕襯紅芭隱映疎篁紅翠
相間方瑞雪乍晴時愛日初添線五雲樓上遥看似靚
溪邊仙子妝面　堪羨影轉玉枝斜豔拂朝霞淺就中
妖嬈獨得芬芳偏教容易瓊花開又報一陽時不似鶯
聲嗔肯與梅臉爭春靚笑羣芳晚

錦堂春 雪梅

臘雪初晴冰銷凝泮尋幽閒賞名園時向長亭登眺倚遍朱闌拂面嚴風凍薄滿堦前霜葉聲乾見小臺深處數葉江梅漏泄春權　百花休恨開晚奈韶華瞬息常放敎先非是東君私語和煦恩偏欲寄江南音耗念故人隔闊雲煙一枝贈春色待把金刀翦倩人傳

瑤臺月

嚴風凜冽萬木凍園林肅靜如洗寒梅占早爭先暗吐

香蘂逞素容探暖欺寒遍妝點亭臺佳致通一氣趁羣
卉值臘後雪清麗開筵共賞南枝宴會　好折贈東君
驛使把嶺頭信息遠寄遇詩朋酒侶尊前吟綴且優游
對景歡娛更莫厭陶陶沈醉羌管怨瓊花綴結子用調
鼎餌將軍止渴思得此味

玉梅香慢

寒色猶高春力尚怯微律先催梅坼曉日輕烘清風頻
觸疑散數枝殘雪嫩英妒粉嗟素豔有蜂蝶全似人人

向我依然頓成離缺　衷曲寸腸萬結又因花暗成凝咽撚蘂憐香不禁恨深難絶若是芳心解語應共把此情細細説淚滿闌干無言强折

雙頭蓮

觸目庭臺當歲晚凋殘恁時方見瓊英細蘂似美玉碾就輕冰裁翦暗想蜂蝶不知有清香寫援深疑是傅粉酡顔何殊壽陽妝面　惟恐易落難畱伏何人巧把名詞裁羨狂風横雨枉墜落細蘂紛紛千片異日結實成

陰託稱殊非淺調鼎鼐試作和羮佳名方顯

夏雲峯

瓊結苞酥凝蘂粉心輕點胭脂疑是素娥妝罷玉翠低垂化工深意巧付與别箇標儀怎奈向風寒景裏獨是開時　緣何不與春期此花又豈肯爭競芳菲疑雨恨煙忽見嶺畔江湄冷煙幽豔曾不許霜雪相期只恐向笛聲怨處吹落殘枝

慶清朝

北陸嚴凝東郊料峭化工爭付歸期前村夜來雪裏先見纖枝想像靚妝淡竚釵頭翡翠璽蛾兒冰壺瑩坐問靜對姑射仙姿　瀟灑處非豔冶最奇是名賦處士新詩尊前坐曲忍聽羌管頻吹試問占先衆卉微笑不奈苦寒欺何須問定應未羨桃李芳菲

燭影搖紅

點點飛香見梅知道春心透怕寒不捲玉樓簾盡與花同瘦手撚青枝頻嗅誚冷落薔薇金斗翻驚綠鬢不似

芳姿年年依舊　纔被凝酥滿園桃李看看又江南幽
夢了無痕啼暈殘襟袖鴛被有誰温繡初怎敢更十分
殢酒伴君獨自幾箇黃昏月明時候

鳳凰臺憶吹簫　　權無染

水國雲鄉冰魂雪魄朝來新領春還便未怕天暄蜂蝶
笛轉羌蠻一樹垂雲似畫香暗暗白淺紅斑東風外清
新雪月瀟灑溪山　應是飛瓊弄玉天不管年年謫向
人間占芳事鉛華一洗紅葉俱殘多少煙愁雨恨空脈

脈意遠情閑無人見翠袖倚竹天寒

又

紅萼珠圓素糝玉淨南荒已報春還便迤邐雲開五嶺雪霽羣巒喜見東君信息應不管潘鬢新斑憑誰寄心縈秋水目斷春山　長記小橋斜渡瀟灑處葦籬茅舍三間肯伴我風光賞遍月影疑殘好爲調羹結子玉鉉冷金鼎空閒北枝畔誰念嶰律猶寒

東風第一枝

臘雪猶凝東風遞暖江南梅早先折一枝經曉芬芳幾處漏春信息孤根寒豔料化工別施恩力迴不與桃李爭妍自稱壽陽妝飾　雪爛漫怨蝶未知嗟燕孫畫樓綺陌暗香空寫銀箋素豔謾傳妙筆王孫輕顧便好與移栽京國更免逐羌管凋零冷落暮山寒驛

又

溪側風回前村霧散寒梅一枝初綻雪豔凝酥冰肌瑩玉嫩條細軟歌臺舞榭似萬斛珠璣飄散異衆芳獨占

東風第一點裝瓊苑　青萼點絳唇疎影瀟灑噴紫檀
龍麝也知青女嬌羞壽陽嬾匀粉面江梅臘盡武陵人
應知春晚最苦是皎月臨風畫樓一聲羌管

晝夜樂

一陽生後風光好百花瘁羣木槁南枝探暖欺寒嘉卉
爭先占早曉來風送清香杳映園林報春來到素豔自
超羣似姑射容貌　畫堂開宴邀朋友賞瓊英同歡笑
隴頭寄信丁寧樓上新妝鬬巧對景乘興傾芳酒拚沈

醉玉山頻倒結實用和羹是眞奇國寶

落梅風按花草粹編共二闋此失一　王晉卿

壽陽妝晚慵匀素臉經宵醉痕堪惜前村雪裏幾枝初綻露冰姿仙格忍被東風亂飄滿地殘英堆積可堪江上起離愁憑誰説寄腸斷未歸客　流恨聲傳羌笛感行人水亭山驛越溪信阻仙鄉路杳但風流塵跡香豔濃時東君吟賞已成輕擲願身長健且凭闌明年還放春消息

玉燭新　李易安

溪源新臘後見幾朶江梅裁翦初就暈酥砌玉芳英嫩故把春心輕漏前村昨夜想弄月黄昏時候孤岍悄疎影横斜濃香暗沾襟袖　尊前賦與多才問嶺外風光故人知否壽陽謾鬬終不似照水一枝清瘦風嬌雨秀好插繁華盈首須信羌笛無情看看又奏

剔銀燈　王逐客

枝上葉兒未展已有墜紅千片春意怎生妨怎不怨被

我安排矮牙牀斗帳和嬌豔移在花叢裏面　請君看

惹清香偎媚暖愛香愛暖金杯滿問春怎管大家拚便

做東風總吹交零亂猶肯自輸我鴛鴦一半

柳初新

千林凋謝嚴凝日青帝許梅花坼孤根回暖前村雪裏

昨夜一枝凝白天匠與雕瓊鏤玉淡然非人間標格

別有神仙第宅繡簾垂碧紗窗隅月明風送清香苒苒

着摸美人詞客向曉來芳苞乍摘對菱花倍添姿色

梅苑卷三

梅苑卷四

宋　黄大輿　編

蠟梅香　　吳師孟

錦里陽和看萬木凋時早梅獨秀珍館瓊樓時正絳跗初吐穠華將茂國豔天葩真澹竚雪肌清瘦似廣寒宫鉛華未御自然妝就　凝睇倚朱闌噴清香暗度易襲襟袖好與花為主宜秉燭頻觀汎湘酎莫待南枝隨樂

府新聲吹後對賞心人良辰好景須信難偶

又　喻仲明

晚日初長正錦里輕陰小寒天氣未報春消息喜瘦梅先發淺苞纖蘂慍玉勻香天賦與風流標致問隴頭人音容萬里待憑誰寄　一樣晚妝新倚朱樓凝盼素英如墜映月臨風處度幾聲羌管惹愁思重轉光陰須信道飄零容易且頻歡賞柔芳正好滿簪同醉

又

愛日初長正園林纔見萬木凋黄檻外朝來已見數枝
復欲掩映迴廊賜與東皇付芳信妝點江鄉想玉樓中
誰家豔質試學新妝　桃杏苦尋芳縱成蹊豈能似恁
清香素豔妖嬈應是晝夜曾與明月分光瑞雪氷霜渾
疑是粉蝶輕狂待撩吟賞休聽畫樓横管悲傷

滿江紅

春欲來時正是與梅花有約又還是竹溪深處一枝開
却對酒漸覺身老大看花應念人離索但十分沈醉囑

東君長如昨 荒草渡孤山泊山斂黛天垂幕黯銷魂
無奈暮雲殘角便好折來和雪戴莫教酒醒隨風落待
殷勤留取寄相思誰堪託

又

林外溪邊深深見一林寒雪惟覺有襲人襟袖暗香不
絕天與風流標格在肯同桃杏開時節也須煩玉手折
將來和明月 調鼎事君休說龍笛韻空悲咽將何助
清賞待傳佳闋君不見廣平詞賦麗揮毫弄翰心如鐵

便直饒何遜在揚州成虛設

選冠子

憔悴江山淒涼古道寒日澹煙殘雪行人立馬手折江梅紅萼素英初發月下瑶臺弄玉飛瓊不老年年春色被東君喚遺嬈紅高韻且饒清白　因動感野水溪橋竹籬茅舍倚似玉堂金闕天教占了第一枝春何處不宜風月休問庾嶺止渴金鼎調羹有誰如得傲冰霜雅態清香花裏自稱三絕

又

庾嶺煙光江南風景冷落歲寒庭院踈林凍折孤根獨犯曉霜回暖萼點胭脂粉凝芳葉依稀幾枝初綻上層樓月夜凭闌風送暗香清遠　嗟往昔漢妃臨鸞新妝才飾豔絶人間金鈿東君信息造化工夫却笑衆葩開晚若是芳菲迅速終與和羮鳳池仙館願樓頭羌笛休吹免使為花腸斷

落梅慢

帶煙和雪繁枝澹竚誰將粉融酥滴疎枝冷蘂壓羣芳
年年常占春色江路溪橋謾倒裊裊風中無力香浮動
氷姿明月裏想無花比高格　爭奈光陰瞬息動幽怨
潛生羌笛新花鬬巧有天然閒態倚闌堪惜零亂殘英
片片飛上舞筵歌席斷腸忍淚念前期經歲還有芳容
隔

早梅香

北帝收威又探得早梅漏春消息粉蘂瓊苞擬將胭脂

輕染顔色素質盈盈終不許雪霜欺得奈化工神偏宜
賦與壽陽妝飾　獨自逞氷姿比夭桃繁杏殊别為報
山翁逢此有花樽前且須攀折醉賞吟戀莫辜負好天
風月恐笛聲悲紛紛便似亂飛香雪

馬家春慢

珠箔風輕繡簾浪捲乍入人間蓬島闖玉闌干漸庭館
簾櫳春曉天許奇葩貴品異繁杏夭桃輕巧命化工傾
國風流特與一枝纖妙　樽前五陵年少縱丹青異格

難別顏貌悲露凝煙困紅嬌額微顰低笑須信濃香易歇更莫惜醉攀吟遶待舞蝶遊蜂細把芳心都告

望梅　或作王聖與

畫欄人寂喜輕盈照水把寒先折裊芳枝雲縷鮫綃露淺淺塗黃漢宮嬌額翦玉裁氷已占斷江南春色恨風前素豔雪裏晴香偶成拋擲　如今眼穿故園待拈花嗅蘂時話思憶想隴頭依約飄零甚千里芳心杳無消息粉怯珠愁又只恐吹殘羌笛正斜飛半窻曉月夢回

隴驛

又

小寒時節正同雲暮慘勁風朝烈信早梅偏占陽和向日暖臨溪一枝先發時有香來望明豔瑶枝非雪想玲瓏嫩蘂綽約横斜旖旎清絶　仙姿更誰並列有幽香映水疎影籠月且大家留倚闌干對緑醑飛觥錦箋吟閲桃李繁華奈比此芬芳俱别等和羹大用休把翠條謾折

永遇樂 梅贈客　南山居士

滿眼寒姿桂蟾匀素霜女同瑩野屋噴香池波弄影鬢鬅鸞窺鏡一枝堪寄天涯遠信惆悵塞鴻難倩這情懷厭厭怎向無人伴我孤另　風凄露冷仙郎此夜若許枕衾相並解吐芳心綢繆共約學取雙交頸好天難遇從今一去荏苒後期無定把柔腸千縈萬斷為伊薄倖

又 客答梅

玉骨氷肌野牆山徑煙雨蕭索公子豪華貪紅戀紫誰

分憐孤萼想應窺見潘毛相似故把素懷相托豈知人
年來悶損被名利拘縛　當歌對酒如癡如夢欲笑啼
痕先落二十年前歡娛一醉不忍思量著衾寒枕冷不
教孤另不是自家情薄枉將心千尤萬殢算應殢著

洞仙歌

年年青眼為江梅腸斷一句新詩思無限向碧瑤枝上
白玉巵中春猶淺一點龍涎清遠　誰拋傾豔昨夜前
村都怨東皇未曾見正紅杏倚雲時身覺香銷驚何許

飄零千片待氷雪叢中看奇姿解一笑春妍盡回仙苑

又

蓬萊宮殿去人間三萬玉體仙娥有誰見被月朋雪友邀下瓊樓溪橋畔相對寒光淺淺　一般天上格獨帶真香氷麝猶嫌未清遠似太真望幸一餉銷凝愁未慣消瘦難禁素練又只恐東風破寒來伴神女同歸閬峰仙苑

又

摧殘萬物不忍臨軒檻待得春來是早晚向紛紛雪裏開一枝見清香滿漏泄東君先綻 暗香浮動疎影横斜只這些兒意不淺怎禁他澹澹地匀粉彈紅爭些兒羞殺桃腮杏臉為傳語東風共垂楊柰辛苦千絲萬絲撩亂

又

斷雲疎雨冷落空山道匹馬駸駸又重到望孤村兩三間茅屋疎籬溪水畔一簇蘆花晚照 尋思行樂地事

去無痕回首湘波與天杳歎人生幾度能醉金釵青鏡裏羸得朱顔未老入枝頭一點破黄昏問客路春風爲誰開早

又

梳風洗雨蘭蕙摧殘後玉蘂檀芳做霜曉板橋平溪岸小月下歸來乘露冷羸得清香滿抱　一枝春在手細嗅重有風味人間自然少擬欲問東君妙語難尋搜索盡池塘春草想不是詩人賞幽姿縱竹外横斜是誰知

道

又

廣寒曉駕姑射尋仙侶偷被霜華送將去過越嶺棲息南枝匀妝面凝酥輕聚愛橫管孤吹隴頭聲盡拚得幽香為君分付　水亭山驛衰草斜陽無限行人斷腸處盡為我留得多情何須待春風相顧任倒斷深思向梨花也無奈寒食幾番春雨

摸魚兒

歲華向晚遥天布同雲霰雪輕飛前村昨夜漏春光趁
梅先放南枝嘆東君運巧思裁瓊鏤玉妝繁蘂花中徧
異觧向嚴冬逞芳菲免使遊蜂粉蝶戲　梁臺上漢宫
裏殷勤仗高樓羌管休吹何妨留取憑闌干大家吟翫
歡醉待明年念芳草王孫萬里歸未得仙源應是又被
花開向天涯淚灑東風對桃李

春雪間早梅

梅將雪共春彩豔灼灼不相因逐吹霏霏能爭密排枝

碎碎巧妝新誰令香來滿坐獨使淨斂無塵芳意饒呈
瑞寒光助照人玲瓏次第開已遍點綴坐來頻　那是
俱懷疑似須知造化兩各逼天真熒煌玉骨初亂眼浩
蕩逸氣忽迷神未許瓊花獨重將從玉樹相親先期迎
獻歲更同歌酒占茲辰六華蠟蔕相輝映輕盈敢自珍

萬年歡

雅出羣芳占春前信息臘後風光野岸郵亭繁似萬點
輕霜清淺溪流倒影更黯澹月色籠香渾疑是姑射冰

姿壽陽粉面初妝　多情對景易感況淮天庾嶺迢遞
想望愁聽清吟悽絕畫角悲涼念昔因誰醉賞向此際
空惱危腸終須待結實恁時佳味堪嘗

又

北陸風回頓園林凋盡庭院岑寂瀟灑寒梅偷報豔陽
消息素澹英姿粹質天賦與出倫標格一枝向雪裏初
開纖說清香尋得　神仙乍離姑射更瓊妝翠佩水瑩
肌骨髣髴華清浴罷懶勻脂澤隴上休轟怨笛且留取

纍纍成實終須待金鼎調羹偏與羣芳春色

又　晁無咎

心憶春歸似佳人未來香逕無跡雪裏江梅因甚早知春色百卉羣芳正寂夜不寐幽姿脈脈圖清曉先作宫妝似防人見偷摘　真香媚動清䰟算當時壽陽無比標格應記揚州何郎舊曾相識花似何郎鬢白恐花笑逢花羞摘那堪愁羌笛驚心也隨繁杏拋擲

又

天氣嚴凝乍寒梅數枝嶺上開折傳粉凝脂疑是素娥妝飾先報陽和信息更雪月交光一色因追念往日歡遊共君攜手同摘　別來又經歲隔奈高樓夢斷無計尋覓冷豔寒容啼雨恨煙愁濕似向人前淚滴怎不使伊家思憶惟只恐寂寞空枝又隨昨夜羌笛

上林春　　曾公袞

東苑梅繁毫健放樂醉倒花前狂客靚妝微步攀條弄粉淩波遍尋青陌暗香隳靨更飄近霧鬟蟬額倒金荷

念流光易失幽姿堪惜　惜花心未甘鬢白南枝上又
見尋芳消息舊游回首前歡如夢誰知等閒抛擲稠紅
亂蘂漫開遍楚江南北獨消魂念誰寄故園春色

雨中花

夢破江南春信漸入江梅暗香初發乞與横斜踈影為
憐清絶梁苑相如平生有賦未甘華髪便廣寒爭遺韶
華驚怨詎妨輕折　揚州二十四橋歌吹不道畫樓聲
歇生怕有江邊一樹要堆輕雪老去苦無歡事凌波空

有纖穠恨無好語何郎風味定教誰說

早梅芳

氷唯清玉唯潤清潤無風韻此花風韻自然清潤傳香粉故應春意别不使凡英恨到春前臘後長是寄芳信此情閑此意遠一點縈方寸風亭水館解與行人破離恨廣寒宫未有姑射仙曾認向雪中月下吟未盡

婆羅門

江南地暖數枝先得嶺頭春分付似翦玉裁水素質偏

憐匀澹羞殺壽陽人算多情留意偏在東君　暗香旋
生對澹月與黄昏寂寞誰家院宇斜掩重門牆頭半開
却望雕鞍無故人斷腸處容易飄零

江神子　晁無咎

去年初見早梅芳一春忙短紅牆馬上不禁花惱只顛
狂蘇晉長齋猶好事時喚我舉離觴　今年春事更茫
茫淺宮妝斷人腸一點多情無與國中香賴有飛鳧賢
令尹同我過小横塘

又

臘寒猶重見年芳為花忙停雕牆準擬巡簷一笑但清狂冷蘂疎枝渾不奈憑折取泛清觴　揚州春夢雨微茫記娥妝耿氷腸春信全通何用玉奩香誰見月斜人去後疎影亂蘸寒塘

踏青遊

竹外溪邊一枝破寒衝臘瑩素肌玉雕氷刻賦閑標足餘韻豈同常格最風流生來處處盡好别得造化工力

疎影幽情意思迴然殊絶算不枉詩人分别凍雲深涼月皎愈增清冽大瀟灑尤得靜中雅趣不許鶯樓燕歇

又

嶺上梅殘堤畔柳眠嬌小綻數枝横煙臨沼既大雅且穠麗繁而不擾冒寒來遊蜂戲蝶尚阻年年占得春早澹白輕紅清香迎芳道更情與碧天如掃魏臺妝吴姬袖妖妍多少爲傳語無言分付甘桃李不比閒花浪

草

連理枝　　邵叔齊

澹泊疎籬隅寂寞官橋側緑萼青枝風塵外別是一般
姿質念天涯憔悴各飄零記初曾相識　雪裏清寒逼
月下幽香襲不似薄情無憑準一去音書難得看年年
時候不踰期報陽和消息

撲蝴蝶

蘭摧蕙折霜重曉風惡長安何處孤根謾自托水寒斷

續溪橋月破黄昏縞袂相逢儼然瘦削　最蕭索星星蓬鬢杳杳家山路正邈攀枝喚藥露暗清淚閣已無蝶使蜂媒不共鶯期燕約甘心伴人澹泊

絳都春

東君運巧向枝頭點綴瓊英雖小全是一般風味花中最輕妙橫斜疎影當池沼似弄粉初臨鸞照衆芳皆有深紅淺白豈能爭早　莫厭金樽頻倒把芳酒賞花追陪歡笑有願告天願天多情休教老奇花也願休殘了

免樂事離多歡少易老難敘衷腸算天怎表

雪梅香

歲將暮雲帆風捲正淒涼見梅花呈瑞氷英澹薄含芳千片逞姿向江國一枝無力倚鄰牆凝眸望昨夜前村雅態難忘　爭妍鬬鮮潔皓彩寒輝冷豔清香姑射真人更兼粉傅容光粱苑奇才動佳句漢宮嬌態學嚴妝無慘恨獨對光輝別岸垂楊

又

凍雲深六出瑤花滿長空漸飄來呈瑞皚皚萬里皆同
荒野枯木疎欲折小亭寒梅吐輕紅香清疎影横斜照
水溶溶 臨風傳芳信驛使來自庾嶺南峰占早爭先
總無粉蝶遊蜂妝點鮮妍漢宫裏羌笛嗚咽畫樓東賞
南枝倚闌凝望時見征鴻

梅苑卷四

梅苑卷五

宋 黄大輿 編

惜黄花

許冲元

鴈聲曉斷寒霄雲捲正一枝開風前看月下見花占千花上香笑千香淺化工與最爭先裁翦 誰把瑶林閒抛江岸㤂素英濃芳心細意何限不恨宫妝色不怨吹羌管恨天遠恨春來晚

梅花令　孫光憲

數枝開與短牆平見雪萼紅跗相映引起離人邊塞情
簾外欲三更吹斷離愁月正明空聽隔江聲

望梅花 同前格　歐陽永叔

春草全無消息臘雪猶餘蹤跡越嶺寒枝香自折冷豔
奇芳堪惜何事壽陽無處覓吹入誰家羌笛
千秋歲

臘殘春近江上梅開粉一枝漏泄東君信壽陽妝面靚

姑射冰姿瑩似淺杏清香試與分明認 只恐霜侵破
又怕風吹損待折取還不忍莫將花上貌來點多情鬢
凝睇久行人立馬戍遺恨

眼兒媚 早梅芳一調缺　李德載

雪兒魂在水雲鄉猶憶學梅妝玻瓈枝上體薰山麝色
帶飛霜 水邊竹外愁多少不斷俗人腸如何伴我黄
昏攜手步月斜廊

又　王望之

凌寒低亞出牆枝孤瘦雪霜姿歲華已晚暗香幽豔自
與時違 化工放出江頭路沙水冷相宜東風自此別
開紅紫是處芳菲

又

前時同醉曲江濱初樣小梅春花殘人遠幾經風雨結
子青青 誰知別後無腸斷行盡水雲程修峰萬仞郵
亭息鞚獨對黃昏

相見歡

月明踈影林間水潺潺一點濃香十里渡關山　且莫
負好分付冷無眠只怕笛聲嗚咽到愁邊

擣練子 八 梅

擣練子賦梅枝暖借東風次第吹自是百花留不住讓
教先發放春歸

擣練子賦梅芳柳緑桃紅謾點妝試問仙標橫竹外敢
同高節伴冰霜

擣練子賦梅紅玉體凝酥半醉中詩酒興來須要早忍

梅苑卷五

梅苑卷六

宋 黄大輿 編

減蘭 十梅 並序

李子正

竊以花雖多品梅最先春始因暖律之潛催正值冰澌之初泮前村雪裏已見一枝山上驛邊亂飄千片寄江南之春信與隴上之故人玉臉娉婷如壽陽之傅粉冰肌瑩徹逞姑射之仙姿不同桃李之繁枝自

有雪霜之素質香欺青女冷耐霜娥月淺溪明動詩人之清興日斜煙暝感行客之幽懷偏宜淺蘂輕枝最好暗香疎影況是非常之標格別有一種之風情剩憐好景難拋那更綵雲易散凭闌賞處已遍南枝兼北枝秉燭看時休問今日與昨日且輟龍吟之三弄更停畫角之數聲庾嶺將軍久思止渴傳巖元老專待和羹豈如凡卉之嬌春長賴化工而結實又況風姿爾質曉色暮雲日邊月下之妖嬈雪裏霜中之

豔冶初開微綻欲落驚飛取次芬芳無非奇絶錦囊佳句但能髣髴芳姿皓齒清歌未盡形容雅態追惜花之餘恨舒樂事之餘情試綴蕪詞編成短闋曲盡一時之景聊資四座之歡女伴近前鼓子祇候

總題

梅梢香嫩雪裏開時春粉潤雨蘂風枝暗與黃昏取次宜　日邊月下休問初開兼欲謝却更妖嬈不似羣花春正嬌

風

東風吹暖輕動枝頭嬌豔顫片片驚飛不似城南畫角吹 香英飄處定向壽陽妝閣去莫損柔柯今日清香遠更多

雨

瀟瀟細雨雨歇芳菲猶淡竚密灑輕籠濕偏柔枝香更濃 瓊腮微膩疑是凝酥初點綴冷豔相宜不似梨花帶雨時

雪

六出飛素飄入枝頭無覓處密綴輕堆只似香苞次第開　欄邊欲墜姑射山頭人半醉牆外低垂窺送佳人粉再吹

月

寒蟾初滿正是枝頭開爛漫素質籠明多少風姿無限情　暗香疎影冰麝蕭蕭山驛靜淺蘂輕枝酒醒更闌夢斷時

日

騰騰初照半折瓊苞還似笑莫近柔條只恐凝酥暖欲消　三竿已上點綴胭脂紅蕩漾剛道宜寒不似前村雪裏看

曉

急催銀漏漸漸紗窗明欲透點檢花枝曉笛吹時幾片飛　淡煙初破髩鬟夜來飛幾朶淺粉餘香晨起佳人帶曉妝

晚

天寒欲暮别有一般姿媚處半載斜陽寶鑑微開試晚妝　淡煙輕處漸近黄昏香暗度休怕春寒乘燭重來仔細看

早

陽和初布入蕚春紅纔半露暖律潛催與占百花頭上開　香英微吐折贈一枝人已去楊柳貪眠不道春風已暗傳

殘

香苞漸少滿地殘英寒不掃傳語東君分付南枝桃李

春 東風吹暖南北枝頭開爛漫一任飄吹已占東風

第一枝

鷓鴣天

借問枝頭昨夜春已傳消息到柴門頻看秀色無多豔

拖得清香不見痕 山矗矗水潾潾村南村北冷銷魂

人間不識春風面羞見瑶臺破月明

又

冷落人間晝掩門泠泠殘粉縠成紋幾枝踈影溪邊見一拂清香馬上聞　冰作質月爲䰟蕭蕭細雨入黃昏人間暫識東風信夢遶江南雲水村

又

誰折南枝傍小叢佳人丰色與梅同有花無葉眞瀟灑不問胭脂借淡紅　應未許嫁東風天教雪月伴玲瓏池塘踈影傷幽獨何似横斜酒盞中

又

夢草池塘春意回巧傳消息是寒梅北枝休羡南枝暖
憑仗東風次第開　酥點蕚粉匀腮未攀已得好香來
西鄰且莫吹羌笛留待行春把酒杯

又

不怕微霜點玉肌恨無流水照冰姿與君着意從頭看
初見今年第一枝　人醉後雪晴時江南春信寄來遲
使君本是花前客莫怪慇勤為賦詩

又

雪屋冰牀深閉門縞衣應笑織成紋雨中清淚無人見月下幽香只自聞　長在眼遠銷䰟玉奴那忍負東昏偶然謫墜行雲去不入春風花柳村

又

小檻冬深未破梅孤枝清瘦耐風埃月中寂寞無人管雪裏蕭踈近水栽　微雨過早春回陽和消息自天來培根多謝東君力瓊蘂葩紅一夜開

又

春入江梅破晚寒凍枝鶯鵲語聲乾離愁滿抱人誰問病耳初聞心也寬　風細細露珊珊可堪驛使道漫漫斜梢待得人來後簪向烏雲仔細看

又　孔處度

却月凌風度雪情何郎高詠照花明一枝弄碧傳幽信半額塗黄拾晚榮　春思淡暗香輕江南雨冷若爲情猶勝遠隔瀟湘水忽到窗前夢不成

又

梅蠟

別得東皇造化恩黛消鉛腿自天眞恥隨庾嶺花爭白

疑是東籬菊返魂　風淡淡月盈盈麝煤沈馥動孤根

寒蟬冷蝶知何處惟有蜂房不待春

又

梅蠟

邵叔齊

不比江梅粉作花天香肯作俗香誇高懸蠟蓓蜂房密

徧掛金鐘鴈字斜　侵月影上窗紗中央顏色自仙家

王人插向烏雲畔渾似靈犀正透芽

浣溪紗 王輔道

雪裏東風未過江隴頭先折一枝芳如今疎影照溪塘北客乍驚無緣葉東君應笑不紅妝玉眞愛着淡衣裳

又 毛澤民

月漾嬋娟雪漾清索強先占百花春于中形外好精神多病肌膚元自瘦半妝殘粉不忺勻十分渾似那人人

又

水淨煙閒不染塵小山斜臥幾枝春夜寒香惹一溪雲粉淡朱輕妝未了十分孤迥好精神為伊清瘦却愁人

又　孫仲益

弱骨輕肌不耐春一枝江路玉梅新巡簷索笑為何人素影裵回波上月醉香搖蕩竹間雲酒醒人散夢仙村

又 尉困觀梅　　毛澤民

曾向瑤臺月下逢爲誰回首矮牆東春風吹酒褪腮紅

庾嶺殷勤通遠信梅家瀟灑有仙風晚香都在酒杯中

又

苒苒飛雲横畫闌黄昏煙雨滿江干小梅香淺不禁寒

樓上風輕簾不卷酒紅銷盡晝妝殘玉人斜撚一枝看

又

十月開花是子眞小春分付與精神折來含露曉妝新

暖意便從窗下見粉容何待鑑中匀宛然長似玉華

清

又

梅粉初嬌擬嫩腮一枝春信臘前開玉英珠顆傍妝臺

明月泛將疎影去暗香疑是那人來銷魂獨自立空

增

又 初春泛舟時北山積雪盈尺而水南梅盛開　毛澤民

水北煙寒雪似梅水南梅鬧雪千堆月明南北兩瑶臺雲近恰如天上坐魂清疑向北邊來梅花多處載春回

又 茶梅

翦碎紅孃舞舊衣漢宫妝粉滿瓊枝東風來晚未曾知顏色不同香小異瑶臺春近宴回時寳燈相引素娥歸

又 蠟梅

梅與爲名蠟與容寒枝徧綴小金鐘插時只恐鬢邊鎔疑是佳人燻麝月起來風味入懷濃暗香依舊月朧朧

又 蠟梅

梅與稱名蠟與黃枝無裊娜色無光掩檀欺麝冠羣芳結處定緣蜂力就開時微帶蜜脾香風標不減壽陽妝

太常引

行雲蹤迹杳無期梅梢上又春歸不道久别離這一度
清香爲誰　多情囑付庾樓羌管憑仗且休吹畱取兩
三枝待和淚封將寄伊

又

江梅開似蘂珠宫報桃李又春風驀岫看前峰待摘取
横斜盞中　魏林楚嶺素妝清絶不與衆芳同和月映
簾櫳羨幾點施朱太紅

小重山

竹裏清香簾影門一枝照水弄精神樓頭横管罷龍吟休三弄留寫與調羮　紫陌與青門溪邊浮動處絶纎塵等閒休付壽陽人瀟灑處月淡又黄昏

又

不是蛾兒不是酥化工應道也難摹花兒清瘦影兒孤多情處時有暗香浮　試問玉肌膚夜來雪霜重怕寒無一枝欲寄洞庭殊可惜許只有鴈銜蘆

又

天際春來都爲君依稀丹萼動波雲惱人天氣近黃昏
霜月底山麝鬬微薰　標格自天眞壽陽仙骨瘦玉無
紋芳容臨鑑洗餘醺雙蛾穩花面兩難分

西地錦

不與羣花相續獨占春光速幽香遠遠散西東惟竹籬
茅屋　羌管誰調一曲送月夜猶芬馥忍君折取向玉
堂只這些清福

又

嶺上初消殘雪有梅花先折東君造化多成翠巧風韻奇絕　小院黃昏時節暗香浮疎影橫斜寄取和羮未晚却免教攀折

踏歌

帶雪向南枝一朶紅梅坼許多時甚處收香白占千葩百卉先春色擬瑩潔正廣寒宮殿人窺隅銷魂處畫角數聲徹　暗香浮動黃昏月最瀟灑處最奇絕孤標迥

不與羣芳列吟賞竟連宵痛飲無休歇輸有心牧童偷
折
感皇恩
蓊玉蹙花苞臘寒時候間竹横溪自清瘦黄昏時候拂
拂暗香微透夀陽粧面恨眉頻鬭 堪賞占斷三春先
手不是東君意偏有百花羞盡故教孤芳獨秀只愁明
月夜笛聲奏
枕屏兒

江國春來畱得素英肯住月籠香風弄粉詩人盡許酥蘂嫩檀心小不禁風雨須東君與他做主　繁杏夭桃顔色淺深難駐奈芳容全不稱冰姿伴侶水亭邊山驛畔一枝風措十分似那人淡竚

憶秦娥　　房舜卿

與君別相思一夜梅花發梅花發淒涼南浦斷橋斜月盈盈微步凌波襪東風笑倚天涯闊天涯闊一聲羌管暮雲愁絶

又

瑶臺月寒光零亂濛香雪濛香雪横枝疎影動人清徹分明姑射神仙骨冰姿雪裏難埋沒難埋沒百花頭上爲春先發

望江南

梅花好滿樹錦江邊不似武陵曾見日清香冷豔撲尊前銷得醉畱連　憑造化分付與花權已共雪光爭臘早且將春信爲君傳桃李莫誇先

又

梅花好依約透春光記得佳人初睡起巧臨鸞鑑試新妝粉面鬬瓊芳　江亭上遶樹嗅清香擬把一枝傳信去不知何處是蘭芳獨自暗淒涼

品令

山重雲起斷橋外池塘水晚來風定竹枝相亞殘陽影裏多少風流都在冷香疎蘂　江南千里問折得誰能寄幾番歸去酒醒月滿闌干十二且隱深溪免笑等閒

桃李

又

一陽生暖見庾嶺梅初綻瓊枝玉樹渾如傳粉壽陽妝面疎影横斜隱隱月溪清淺　前村雪裏向雪裏眞難辨倩誰説與高樓人道休吹羌管且與從容來歲和羮未晚

又

雪花飛墜有人報江南意博山爐畔硯屏風裏銅槃寒

水賦得幽香疎淡數枝相倚　絳膚黃蘂令一種高標
致笛中芳信嶺頭春色不傳紅紫寂寞閒亭月下夜闌
影碎

相思引

笑盈盈香噴噴姑射仙人風韻天與肌膚常素嫩玉面
猶嫌粉　斜倚小樓凝遠信多少往來人恨只恐乘雲
春雨因迤邐嬌容褪

又

半苞紅微露粉瀟灑早梅猶嫩香入夢魂殘酒醒芳意相牽引　不畏曉霜侵手冷欲折一枝芳信折得却無人寄問爭信相思損

好女兒 戎州賞梅　　山谷道人

小院一枝梅衝破曉寒開偶到張園游戲霑袖帶香回玉酒覆銀杯盡歸去猶待重來東鄰何事驚吹怨笛雪片成堆

慶金枝

新春入舊年綻梅萼一枝先隴頭人待信音傳算楚岸未香殘　小枕風雪凭闌干下簾幙護輕寒年華永占入芳筵付尊前漸成歡

梅苑卷六

欽定四庫全書

梅苑卷七

宋　黄大輿　編

菩薩蠻　晁次膺

百花未報芳菲信一枝探得春風近只與雪爭光更無花比香　孤標天付與冷豔誰能顧庭院好深藏莫教閑路傍

又

天威亂糝瓊蕤密一光吞盡千山碧梅與雪爭妍孤香風暗傳 玉骨從來瘦不奈春僝僽羌管一聲殘水鄉生暮寒

又

黄昏月暗清溪色簾垂小閣霜華白一夜玉玲瓏横斜水月中 小行孤影動生怕驚花夢半夜得春歸屏山人未歸

又 空定寺賞梅 毛澤民

含章簷下眉如月融酥和粉描疎雪桃杏莫爭春凌風臺畔人　如今千萬樹零落孤村雨和淚滴瑤觴歸時肌肉香

又　同文

嶠南江淺紅梅小小梅紅淺江南嶠窺我向疎籬籬疎向我窺　老人行即到到即行人老離別惜殘枝枝殘惜別離

又　雙松菴月下賞梅　李方叔

城陰猶有松間雪松間暗淡城頭月月下幾枝梅為誰今夜開　尊前簪素髮自擁繁枝折疑是在瑤臺寶燈攜手來

又

江南未雪梅先白憶梅人是江南客猶記舊相逢淡煙微月中　春風長有信消息歸來近懷遠上樓時晚雲和鴈低

又

霜天不管青山瘦輕雲淺拂修眉皺煙樹隔瀟湘隔帆吹異香　影殘春恨小淡墨欵斜倒無處着消愁留寒人倚樓

又　題梅扇　周志機

梅花韻似才人面爲伊寫在春風扇人面似花妍花應不解言　在手微風動勾引相思夢莫用插酴醿酴醿羞見伊

又　蠟梅　李士舉

薰沈刻蠟工夫巧宻脾鎖碎金鐘小別是一般香解教
人斷腸　冰霜相與瘦清在江梅否念我忍寒來憐君
特地開

木蘭花 十梅未開　莫少虛

一枝和露珍珠貫月下回來尋幾遍今朝忽見數枝開
未有十分如待伴　新妝不比徐妃面雪豔冰姿寒欲
顫外邊多少掃春人春信莫教容易斷

晨景

梅邊曉景清無比林下詩人呵凍指玉龍留住麝臍煙
銀漏滴殘龍腦水　晨光漸漸收寒氣昨夜遺簪猶在
地好生折贈鏡中人只恐緑窗慵未起

雪裏

清姿自是生寒瘦更在春前並臘後誰教六出巧遮藏
爭似一番先透漏　謝娘莫把翻衣袖無限瓊英飄玉
梵開時朶朶見天眞可奈碧溪和粉溜

晴天

寒梢雨裏愁無那林下開時宜數過夕陽恰似過清溪

一樹横斜疎影臥　朱唇莫比桃花破鬢畔黄金花欲

墮騰看春雪滿空來觸處是花尋那箇

風前

尋梅莫背東風路路在花前知去處眞香破鼻驀然聞

試問幽事知幾步　多情更被無寒助萬物枯時神物

護一枝和雪倚闌干昨夜初開春信度

月下

暗香浮動黄昏後更是月明如白晝看來都坐玉壺冰

折贈徐妃丹桂手　賞酬風景無過酒對影成三誰左

右勸君攜取董妖嬈拱得醉翁香滿袖

雨中

花時人道多風雨梅蘂都來無幾許何須飄灑濕芳心

粉面琳琅如淚注　家童莫掃花陰土留浥瓊林枝上

露若教燕子早銜泥徑裏餘香應滿戶

欲謝

眼前欲盡情何限風外南枝無一半東君何事莫教閑及至如今都不管 高樓三弄休吹徹一片驚人腸欲斷杏花開後莫嫌衰如豆青時君細看

望梅

少陵長被花爲腦況是梅花非草草臨岐爭奈不吟詩此度詩人宜可老 詩成莫惜尊罍倒不醉花前花解笑醒時分付兩三枝酒後憶君清夢到

南鄉子　大卿榮謹

江上野梅芳粉色盈盈照路傍閒折一枝和雪嗅思量似箇人人玉體香　特地起愁腸此恨誰人與寄將山館寂寥天欲暮凄涼人轉迢迢路轉長

又

梅蘂露鮮妍雪態冰姿巧耐寒南北枝頭香不斷堪觀露浥瓊苞粉未乾　盡手寫應難橫管休吹恐易殘留得佳人臨曉際凭闌試把新妝比竝看

又

把酒對江梅箇是花中第一枝冰雪肌膚瀟灑態須知姑射仙人正似伊　東閣賦新詩慚愧當年杜拾遺月裏何人横玉笛休吹正是芳梢着子時

又　蘇東坡

寒雀滿疎籬争抱寒柯看玉蕤忽見客來花下坐驚飛踏散芳英落酒卮　痛飲又能詩坐客無氊醉不知花謝酒闌春到也離離一點微酸已着枝

又

莫作俗花看殊有清香雪大寒擬把千鍾酬國豔林間醉倒猶嫌酒量慳　欲去更重攀送盡斜陽未忍還爭得重城休上鑰留連借取冰輪照玉顔

又

醉撚一枝春此意誰人會得君嫩白輕紅纔入手盈盈一似前時酒半醺　心眼兩相親絶代風流惱殺人粉蝶霜禽休悵望叮嚀只要揚州作主盟

又

欄檻對幽堂翠葉枝頭萬朶霜檀口乍開龍麝噴非常體勝佳人異骨香　花與月爭光偏引蜂兒戲遶牆不與羣英爭豔麗芬芳奚落東君只淡妝

又

凜冽若寒時萬木凋枯力漸衰昨夜前村深雪裏春回庾嶺南枝綻早梅　映月與清輝驛使加鞭喜探迴風送馨香來小院芳時料想羣花尚未知

又 催梅

把酒祝江梅春到南枝早早開人在隴頭凝望久褭回驛使如今尚未來　寄語莫相催直待東風細翦裁只恐未能傳信息妝臺先要飛來襯粉腮

戛金釵

梅蘂破初寒春來何太早輕傳粉向人先笑比並年時較些少愁底事十分清瘦了　影靜野塘空香寒霜月曉風韻減酒醒花老可殺多情要人道疎竹外一枝斜更好

人月圓

園林已有春消息尋待嶺頭梅一枝清淡踈踈帶雪昨夜初開　芳心幾點東風多少先寫傳來不隨紅紫紛紛鬧鬧蝶妒蜂猜

一斛珠

寒冰初泮嶺頭一朶香苞綻菡萏如畫真堪羨休逞隨風柳絮垂金線　月宮每嫖開較曉壽陽又喜匀妝面更聞何處鳴羌管一曲一聲惹起神撩亂

解珮令 或作許冲元

蕙蘭無韻桃李堪掃都不數凡花閒草對月臨風長是伊故來相惱和魂夢披他香到 江頭隴畔爭先占早一枝枝看來總好似恁風標待發願春前祈禱祝東君放教不老

醉花陰 趙文獻梅

舒信道

月恍風簾香一陣正千山雪盡冷對酒尊傍無語含情別是江南信 壽陽妝罷人微困更玉釵斜襯插一枝

歸只恐風流羞上潘郎鬢

又

粉妝一捻和香聚教露華休妒今日在尊前只爲情多脈脈都無語　西湖雪過留難住指廣寒歸去去後又明年人在江南夢到花開處

又

霓裳淺豔來何處不是閑雲雨雪苑舊精神燕市吟窗昨夜生輕素　瓓珊豈是東風妒惜暗香分付香在玉

清宮不惹年華只帶春寒去

掃地舞

酥點蕚玉碾蕚點時碾時香雪薄才折得春方弱半掩朱扉垂繡幕怕吹落　撚一餉嗅一餉撚時嗅時宿酒忘春爭上不忍放待對菱花斜插向寶釵上

玉樓人

去年尋處曾持酒還是向南枝見後宜霜宜雪精神没此兒風味減舊　先春似與羣芳鬬暗度香不待頻嗅

有人笑折歸來玉纖長儘露羅袖

燕歸梁

月裏雲裝冷豔裁獨秀在巖隈雪中昨夜一枝開探春色歲前來　清香折得多情寄與人向隴頭回憑君移取近瑶臺伴桃李日邊栽

鵲橋仙

密傳春信微妝曉景淡竚香苞欲綻臨風雖未吐芳心奈暗露盈盈粉面　何人月下一聲長笛即是飛英淩

亂憑闌無惜賞芳姿莫待傾筐已滿

又

前村深雪難尋幽豔無柰清香漏綻煙梢霜蕚出牆時

似暗妒壽陽妝面　幽香浮動無緣攀賞但只心勞魂

亂不辭他日醉瓊姿又只恐陰成子滿

採桑子

花中獨占春風早長愛江梅香豔清杯芳意先愁調角

催　尋香已落閒人後此恨難裁更曉須來却恐初開

勝未開

又　　何文縝

百花叢裏花君子取信東君取信東君名第花中第一

勳結成寶鼎和羹味多謝東君多謝東君香徧還應

號令春

又

陽和欲報春來也先上南枝桃李休疑折徧香梢人未

知黄昏小院誰攀折疎影斜欹半掩朱扉旋嗅清香

月下歸

又

江南春信梅先賦休道春遲映竹開時姑射仙人雪作肌　青樓且莫吹羌管留勸金卮折取高枝香滿名園蝶未知

又

南枝淡竚無妖豔蠟蘂羞黃爭似紅妝不假施朱弄曉光　雪融日暖瓊肌膩酒暈生香桃臉相當尤笑桃花

混衆芳

又

幽芳瑩白前村裏豈藉春工勝盡羣紅瓊撚凝酥迥不同一聲羌管愁人處片片西東靚此遺蹤不怨狂風怨馬融

又

肌膚綽約眞仙子來伴冰霜洗盡鉛黃淨面初無一點妝　尋花不用吹銀燭暗裏聞香零落池塘分付餘妍

與壽陽

又

東君有意觀羣卉故放爭先帶露含煙對月偏宜映水邊　瓊苞素蘂胭脂淡雪後風前堪賞堪憐曾與歌樓佐管弦

又

羣芳盡老園林燼獨有寒梅探得春回昨夜前村一朵開　輕盈雪裏孤根秀素臉香腮羌管休催留取瓊葩

佐酒杯

又

霜風漏泄春消息折破孤芳野輿彷徨姑射神仙觸處藏新妝不假施朱粉雪月交光欲贈東皇冷淡龍涎點點香

又

煙籠淡月寒宵永悄悄簾櫳微度香風幾點梅開小院中　擁衾欹枕難成寐蕭寺初鐘鴈響遥空家在青山

千萬重

又再雪中

飛瓊欲赴瑶臺宴先具威儀雲駕霓衣從者皆騎白鳳

飛人間盡變爲銀海此景偏奇姑射冰姿昨夜前村

見一枝

又蠟梅

鎔金脫得花鈿小點綴瓊枝月淡風微露浥香肌自是

奇玉人呵手昂頭翦纖鬢邊垂似簇蜂兒春入芳容

不肯飛

尋梅

今年早覺花信蹉想芳心未應悞我一日小徑幾回過始朝來尋見雪痕微破　眼前大抵情無那好景色只消些𠁼箇春風爛漫都且可是而今枝上一朶兩朶

又

幽香淺淺濕未透認雪底思來始有翦裁尚覺瓊瑶皺苦寒中越凭骨清肌瘦　東風氣象園林舊又今年而

今時候急宜小摘當尊酒選一枝且付玉人纖手

鞋紅

粉香尤嫩衾寒可慣怎奈向春心已轉玉容别是一般閑婉悄不管桃紅香淺　月影簾櫳金瓊波面漸細細香風滿院一枝折寄故人雖遠輒莫使江南信斷

武林春

昨夜前村深雪裏春信爲誰傳風送清香滿座間不用熱沈檀　竹外一枝斜更好偏稱玉人攀休放游蜂去

又還嫌怕損芳顔

菩薩蠻　　趙德麟

春風試手梅先藥冰姿冷豔明沙水不受衆芽知端須月與期　清香閒自遠先向釵頭見雪後宴瑶池人間第一枝

欽定四庫全書

梅苑卷八

宋　黄大輿　編

瑞鷓鴣　闕名

臨鸞常恁整妝梅枝枝仙豔月中開可殺天心故與多端麗那更羅衣峭窄裁　幾回瞻覷魂消黯芙蕖匀透雙腮好將心思都分付與時暫到小庭來玉砌紅芳點緑苔

又 柳耆卿

天將奇豔與寒梅乍驚繁香臘前開暗想花神巧作江南信解染胭脂細翦裁 壽陽妝罷無端飲凌晨酒入香腮恨聽煙鴻聲中誰恁吹羌管逐風來瑞雪紛紛落翠苔

又 晏丞相

江南殘臘欲歸時有梅紅亞雪中枝一夜前村聞道瑶英折端的千花冷未知 丹青改樣匀朱粉雕粱欲畫

難疑何妨與向冬深密種秦人路夾仙浮不待夭桃客
自迷

又

越娥紅淚染朝雲越梅從此學妖頻臘月初開庾嶺繁
開後時染妍華贈世人　前村昨夜深深雪朱顏不及
天眞何時驛使西來寄與相思客一枝新報道江南别
樣春

又　林逋詩句

衆芳摇落獨鮮妍占盡風情向小園疎影横斜水清淺暗香浮動月黄昏　寒禽欲下先偷眼粉蝶如知合斷魂幸有微吟可相狎不須檀板共金尊

又　岸梅　崔魯詩句

含情含態一枝枝斜壓漁家短短籬惹袖尚餘香半日向人如許雨多時　初開偏稱雕梁畫未落先愁玉笛吹行客見時無意去解帆煙浦爲題詩

又　周忘機

一痕月色掛簾櫳梅影斜斜小院中狂醉有心窺粉面夢䰟無處避香風　愁來夢楚三千里人在巫山十二重咫尺藍橋無處問玉簫聲斷楚山空

又 蠟梅

漢宮鉛粉淨無痕蠟點寒梢水畔村愁犯冰霜欺竹柏肯同雲月弔蘭蓀　騷人詠去清詩健驛使傳來舊與存病眼渾疑春思早一枝聊洗畫圖昏

又 蠟點梅花

柳未回春蘭未芽誰知此物在君家緑窗借得先春手

黄蠟吹成耐凍花　衣麝暗薰香髣髴山蜂誤認影横

斜憑君説與徐熙道翰墨從今不足誇

一落索

臘後東風微透越梅時候一枝芳信到江南來報先春

秀　宿醉頻拈輕嗅堪醒殘酒笛聲容易莫相催留待

纖纖手

鬢邊華

小梅香細豔淺過楚岸尊前偶見憂閑淡天與精神掠
青鬢閑人醉眼　如今拋擲經春恨不見芳枝寄遠向
心上誰解相思賴長對妝樓粉面

御堦行

平生有箇風流願願長與梅爲伴問伊因甚破寒來只
恐百花先綻比蘭比麝比酥比玉休恁閑撩亂　瑤臺
月下分明見依舊妝殘淺不知分得幾多香一片清如
一片直須遮斷恐人眼毒不解輕輕看

西江月　　蘇東坡

玉骨那愁瘴霧冰肌自有仙風海仙時遣探芳叢倒掛綠毛么鳳　素面常嫌粉污洗妝不褪唇紅高情已墜曉雲空不與梨花同夢

又 紅梅　　王介甫

梅好惟嫌淡竚天教薄與胭脂真妃初出華清池酒入瓊姬半酔　東閣詩情易動高樓玉管休吹北人渾作杏花疑惟有青枝不似

又　　杜安道

曉鏡初妝玉粉輕風暗遞幽香閒隨月影到寒塘忘却人間天上　雪意空驚春意孤芳已斷年芳從教驛使爲伊忙乞箇壽陽宫樣

又

北嶺天饒瑞雪南枝地段紅苞朦朧霽月映寒梢誰把玉人紗罩　香勝爐薰龍麝奇過庭擁瓊瑶一杯清酒願相招慰我茅堂清瘦

又 墨梅　洪覺範

入骨風流國色透塵往往眞香爲誰風鬟涴啼妝半樹水村春暗　雪壓枝低籬落月高影動池塘高情數筆寄微茫小寢初開霧帳

又

翡翠枝頭晚蕚嬋娟月裏飄香春蘭秋蕙作尋常不與夭桃朋黨　笑見深紅淺白從教蝶舞蜂忙風流標致道家妝瀟灑得來别漾

又蠟梅

黄蠟誰將點綴紅膏不許施妝孤根來自水雲鄉風味天然醖釀　看取玉奴呵子摘來珠露霑裳萃鬟斜插一枝香似簇蜂兒頭上

又

萬木經霜凍折孤根獨報春來前村雪裏一枝開將緩月華光彩　一點脣紅不褪妝如傅粉皚皚和羹端的稟天才終日庖人鼎鼐

蝶戀花　晏丞相

千葉梅花誇百媚笑面淩寒内樣妝先試月臉冰肌香細膩風前偏稱東君意　一捻年光春有味江北江南更有誰相似横玉聲中吹滿地好枝長恨無人寄

又　別席探題　舒信道

雪後江城紅日晚暖入香梢漸覺玲瓏滿髩鬟是臨風妝半面水簾斜捲誰庭院　折向樽前仔細看便是江南寄我人還遠手把亻匕枝多少怨小樓横笛休腸斷

又 寒秀亭觀梅 毛澤民

想見江南情不少爾許多時怪得無消耗淡日暖雲勻引到闌干寂寞憐春小 宮面可㤥勻畫了粉瘦酥寒一段天真好喚起玉兒嬌睡覺半窗殘月南枝曉

又 石耆翁

半夜六龍飛海嶠滉漾鼇波露出珊瑚小玉粉枝頭春意早東風未綠瀛洲草 姑射仙人真窈窕淨練明妝如伴商巖老夢入水雲間縹緲一樓明月千山曉

又

暖發黃宮和氣軟雪裏精神巧借東君翦嫩蘂商量春
色淺青枝疑是香酥濺　誰道和羹芳信遠點點微酸
已向枝頭見休得玉英飛四散且移疎影横金盞

又

青女枝頭紅蕾吐粉頰愁寒濃與胭脂傅辦杏猜桃早
莫誤天姿不到風流處　雲破月來花上住要共佳人
弄影參差舞只有惜香穿繡户韶華一曲驚飛去

又 蠟梅　王履道

翦蠟成梅無着意黃色儂儂對蕚匀妝綴百和薰肌香旖旎仙裳應灑薔薇水　雪徑相逢人半醉手折低枝擁結雲穿翠道蘊撚枝無限思玉眞未灑梨花淚

又 墨梅

碧丸籠晴香霧遶呵手西偏小駐聞啼鳥風度女牆吹語笑南枝破臘應開了　道骨不凡瘴江曉春色通靈竅得花重少抱暖釀寒春杳杳一聲畫角光殘照

桃源憶故人

園林萬木凋零盡惟是寒梅香噴不許雪霜欺損迴有天然性　南枝漸吐紅苞嫩冠絶夭桃繁杏不記故人音信對景成離恨

又　王逸民

劉郎自是桃花主不許春風困度春色易隨風去片片傷春暮　返魂不用清香注却有玉梅淡竚從此鎮長相顧不怨飄殘雨

又

江天雪意雲飛重却倚闌干初凍回傍小樓獨擁盡日無人共　牆梅未落春先縱欲寄一枝誰送月夜暗香浮動似作離人夢

又 蠟梅

南枝向暖清香噴誰付騷人詞詠一種隴頭春信不借胭脂暈　梢頭誰把輕黃慍渾似不忺施粉疑是壽陽孤冷染得相思病

又

寒苞初吐黄金瑩色染薔薇猶嫩枝上紫檀香噴灑落
饒風韻　南枝一種同春信何事不攸朱粉自稱霓裳
孫冷怨感宫腰恨

添字浣溪紗 白梅

雪態冰姿好似伊料應嘗笑水仙遲驛使初傳芳信早
賞佳期　暗想花神多巧妙黏酥綴玉壓纖枝粉面臨
鸞宜月殿整妝時

又 紅梅

誰染深林酥綴來意濃含笑笑顏開誤認浣溪人飲罷上香腮　辨杏疑桃稱好句名園色異占多才折得一枝斜插鬢墜金釵

又 重心梅

取次匀妝玉有痕參差玉軟淡精神姑射重綃風捲亂喜相逢　蝶戲飛層雙翅重清中富貴最多情全似壽陽當日事點殘英

又 蠟梅

蜜室蜂房别有香臘前偏會洩春光凝竚清容何所似笑姚黄　蠟注金鐘誠得意風飄氣味壓羣芳不似壽陽誇粉面道家妝

獨脚令　莫少虚

絳唇初點粉紅新鳳鏡臨妝已逼真蒴蒴釵頭香趁人惜芳晨玉骨冰姿别是春

又　史遠道

牆頭梅蘂一枝新宋玉東鄰算未眞折與冰姿綽約人怯霜晨桃李紛紛不當春

玉交枝

膽樣瓶兒幾點春翦來猶帶水雲痕且移孤冷相伴最深尊　每爲惜花無曉夜教人甚處不銷魂爲君惆悵獨自倚黃昏

又　房舜卿

蕙死蘭枯待返魂暗香梅上又重聞粉妝額子多少畫

難眞竹外冰清斜倒影江頭雪裏暗藏春千鍾玉酒休更待飄零

又 蠟梅

蒽子蘭孫小樣兒化工簇就寄南枝笑他蘭蕙雖韻帶輕肥　香靄紫檀和霧重色攢黃蠟界金嶶有人瀟灑插向鬢邊宜

又

誰道花房採蜜脾翦成黃蠟小花兒惡嫌朱粉不肯肖

青枝　檀吐暗香蘭許韻月移芳影雪生肌不妨花蘂
羌笛儘教吹

玉樓春 空定寺賞梅　毛澤民

蘂珠宮裏三千女摘粉寫春塵不住月華冷處欲迎人
七里香風先滿路　一枝誰寄南安去想得韶光能幾
許醉翁滿眼玉玲瓏直到煙空雲盡處

又

迢遞前村深雪裏望斷行雲香細細笛中宮裏慕芳姿

怨曲啼妝長見淚　不會同心榮落易冷豔翻隨分嶺

水有誰曾念隴頭人遠寄江南春日意

又

靚妝才學春無價腮粉額黃官樣畫妖嬈閒倚曲闌邊

孤淨不勝微月下　牽情羣蘂臨風亞惜恐蒼苔和雨

借何如相傍玉樓人芳酒繡筵紅燭夜

又

蕭蕭海上風長起也有梅花開玉蘂愛君風措瑩如冰

伴我情懷清如水　詩人縱復工難擬莫把閒花容易
比濃香吹盡不須愁細雨微風催結子

又　李易安

紅酥肯放瓊苞碎探着南枝開遍未不知醖藉幾多香
但見包藏無限意　道人憔悴春窗底悶損闌干愁不
倚要來小酌便來休未必明朝風不起

又 蠟梅

臘前先報東君信清似龍涎香得潤黃輕不肯整齊開

比着紅梅仍舊韻 纎枝瘦緑天生嫩可惜輕寒摧挫損劉郎只觧惧桃花悵恨今年春又盡

小桃紅今見珠玉詞

後園春早殘臘朦朧煙草數樹寒梅欲綻香英小妹無端折盡釵頭朶滿把金尊細細傾 憶得往年同伴沈吟無限情只惱東風莫便吹零落惜取芳菲眼下明

擣練子

欺萬木怯寒時倚欄初認月宮姮拭新妝披素衣孤標

韻暗香奇冰容玉豔綴瓊枝借陽和天付伊

喜團圓

輕攢碎玉玲瓏竹外脫去繁華殢東君先點破壓羣花瘦影生香黃昏月館清淺溪沙仙標淡竚偏宜幺鳳肯帶棲鴉

楊柳枝　晁無咎

素色清薰出俗華臘前花軒前愛日掃雲遮幾枝斜月淡紗窗香漸透白於紗幽人獨酌對芳葩與無涯

愁倚欄

冰肌玉骨精神不風塵昨夜窗前都折盡忽疑君　清淚拂拂沾巾誰相念折贈芳春羌管休吹别塞曲有人聽

梅苑卷九

宋　黄大輿　編

減字木蘭花　　歐陽永叔

去年殘臘曾折梅花相對插人面而今空有花開無處尋　天天不遠把酒拈花須發願願得和伊偎雪眠香似舊時

又

庭梅初綻風遞幽香清更遠别有孤根不待陽和一點
恩　雪中風韻皓質冰姿眞瑩静月下精神來到窗前
疑是君

又

前村夜半每為江梅腸欲斷淺紫深紅惟信漫天雪裏
逢　醉頭扶起宿酒闌干猶困倚便莫催殘明日東風
為掃看

又

踈梅風韻不許遊蜂飛蝶近要識芳容除向瑶臺月下逢　尊前一見換盡平生桃李眼却笑襄王楚夢無蹤空斷腸

又

山城驛近又報寒梅傳驛信遠水孤村月下何人與斷魂　幽芳在手花木無情那得瘦似此天眞好贈東陽姓沈人

又　張文潛

箇人風味只有江梅些子似每到開時滿眼清愁只自知　霞裾仙珮姑射神仙風露態蜂蝶休忙不與春風一點香

又

香肌清瘦淚濕輕紅疎雨後笑靨微開宿雨微醺越女腮　多情無奈玉管休吹簾影外薄晚池臺惆悵繁華夢裏來

又

東君有待畱得一枝香雪在晚日融融只恐輕酥暖漸鎔　歌催管送芳酒一尊誰與共寂寞牆東瀟灑黃昏滿院風

又　梅蕊

鵞黃初吐無數蜂兒飛不去别有香風不與南枝鬭淺紅　憑誰折取擬把玉人分付與碧玉搔頭淡淡霓裳人倚樓

又

園林衰槁一品梅花開太早紫蘂檀心獨占中央色似
金　幽香清遠對景開尊同賞翫雅稱仙姿莫是多情
染相思

臨江仙　　曾夫人子宣妻

庭院深深深幾許雲窗霧閣春遲爲誰憔悴損芳姿夜
來清夢好應是發南枝　玉瘦檀輕無限恨南樓羌管
休吹儂香吹盡有誰知暖風遲日也別到杏花肥

又

漏出春光三四朶冰肌玉骨偏宜乍開應笑百花遲將軍曾止渴畫角已先知　素豔不容蜂蝶採清香自有人知而今雖被雪霜欺和羹終待手金鼎自逢時

又

隴首雲収天色暮寒光射月初開崑荆山玉莫疑猜琳琅疑此地仙子不紅腮　麗質霜裾真性雅餘香暗送人來亂將碎玉綴枝排雪中尋不見青蕚辨奇才

又　葉少藴

聞道今年春信早梅花不怕餘寒憑君先向近南看香
苞開也未莫待北枝殘 腸斷隴頭他日恨江南幾驛
征鞍一杯聊與盡餘歡風情何似有老去未應閒

又

不與羣芳爭絶豔化工自許寒梅一枝臨晚照歌臺眼
明渾未見弦管莫驚催 記取劉郎歸去路他年應話
天臺酒闌不惜更重陪夜寒衣怯薄猶有暗香回

又 成都西園 范夢龍

試問前村深雪裏小梅未放雲英陽和先到錦宮城南枝初破粉東閣有餘清　人在高樓橫怨管寄將隴客新聲西園下晚看飛瓊春風催結子金鼎待調羹

又

昨夜新陽回候館芳菲正滿霜林此時珍重重千金誰知紅粉豔還有歲寒心　風動霞衣香散漫酒醺丹臉深沈妖嬈偏稱美人簪一枝無處贈折得自孤吟

又

愛日新添春一線化工先到寒梅不隨桃李傍熈臺前
村深雪裏昨夜一枝開　姑射仙人標格韻凝牆粉謝
香腮數家清弄笛聲哀愁人不忍聽自向枕邊來

又

玉貌香腮天賦與清姿不假鉛華素芳尋在五陵家欲
知春信息庾嶺一枝斜　別有玲瓏瀟灑處月梢淡影
籠遮休教羌管一聲嗟宮妝猶未似畱取意無涯

踏莎行　張尚書子功

陽復寒根氣回枯桿前村昨夜梅初綻誰言造化没偏頗半開何獨南枝暖　素豔幽輕清香遠散雪中豈恨和羮晚不知何處誤東君至今不使春拘管

又

映竹幽妍臨池娟靚芳苞先暖香初娠南枝微弄雪精神東君早寄春音信　奔月仙標乘煙遠韻玉臺粉點和酥凝從來清瘦可禁寒爲誰早把霞衣褪

又 正月十五日觀梅

景伴冰簷情同瑤草甫能定得春來到管曾獨自索春憐而今覷着東風笑　粉凝酥寒雲房睡覺胭脂也不添些少天真要與此花爭是伊占得春光早

又

枝緑初勻萼紅猶淺化工妝點年華晚暗香疎影水亭邊黄昏月下依稀見　十二危樓誰人倚遍只愁羌笛聲幽怨少留情意待春來東君准擬長拘管

又

蕚破前村枝横江路鐵心應也頻凝竚怕愁惟恐不禁
愁寧教雪月相分付　不測春來難追香去無人知我
心先誤多情總道是東君東君也有無情處

又

點點瓊酥初寒乍結看來未忍輕輕折園林正告乆蕭
條春工着意饒先發　眼底不凡枝頭自别也知徹苦
宜霜雪這般風味恁馨香怎教桃李同芳節

又

王母池邊曾記舊識玉京仙苑新移得素娥青女好精神比看終是無顏色　傳入漢宮偷擬妝飾壽陽空恁勞心力寒香都不為春來莫將遠寄春消息

又　趙温之

妖豔相偎清香交噴花王尤喜來親迎有如二女事唐虞羣芳休更誇相竝　小雨資嬌輕風借潤天應知我憐孤韻莫驚歲歲有雙葩儀真自古風流郡

又　蠟梅　毛澤民

粟玉玲瓏壓酥浮動芳蹤染得胭脂重風前蘭麝作香寒枝頭煙雪和春凍　蜂翅初開密房香弄佳人寒睡愁如夢鶯黃衫子茜羅裾風流不與江梅共

漁家傲

蕙死蘭枯籬菊槁返魂香入江南早竹外一枝斜更好誰解道只今惟有東坡老　去歲花前人醉倒酒醒花落嫌人掃人去不來春又到愁滿抱青山一帶連芳草

又　李易安

雪裏已知春信至寒梅點綴瓊枝膩香臉半開嬌旖旎當庭際玉人浴出新妝洗 造化可能偏有意故教明月玲瓏地共賞金尊沈綠蟻莫辭醉此花不與羣花比

又 毛澤民

恰到小菴貪睡着不知風撼梅花落一點兒春吹去却香約略黃蜂猶抱紅酥萼 遶徧寒枝添寂寞却穿行逕隨孤鶴守定微官眞箇錯從今莫從今莫負雲山約

又

雪點江梅纔可可梅心暗弄纖纖朶疑是月娥庭下過
仙翅䙌雲衫密綴眞珠顆　玉斝金甌連臂坐芳辰莫
把離䰟挫一曲繡筵嬌婀娜情無那陽關聲裏櫻桃破

又 梅影　　薛幾聖

雪月照梅溪畔路幽姿背立無言語冷浸瘦枝清淺處
香時度妝成處士橫斜句　渾似玉人常淡泞蓌花相
對成清楚誰解小圖先畫取天欲曙恐隨月色雲間去

胡擣練

小春花信雪中來隴上小梅先折今歲東君消息還自
南枝得　素衣洗盡九天香玉酒添成國色一自故園
踈隔腸斷長相憶

又

小亭初破一枝梅惹起江南歸興遥想玉溪風景水漾
横斜影　異香直到醉鄉中醉後還因香醒好是玉容
相竝人與花爭瑩

又

夜來江上見寒梅自逞芳妍標格爲甚東風先折分付春消息　美人釵上玉尊前朶朶濃香堪惜誰把彩毫描得免憑輕拋擲

定風波

好睡慵開莫厭遲自憐冰臉不宜時偶作小紅桃杏色閑雅尚餘孤瘦雪霜姿　休把閒心隨物態何事酒生微暈沁瑶肌詩老不知梅格在吟咏更看綠葉與青枝

又

又是春歸煙雨村一枝香雪度黄昏竹外雲低疎影亞
瀟灑水清沙淺見天眞　瘦玉欺寒香不暖堪羡冰姿
照夜月無痕樓上笛聲休聽取說與江南人遠易銷魂

又

一樹寒梅傍小溪夜來陡覺綻南枝冷豔冰姿金蘂淺
堪羨凝明因與雪霜期　折贈美人臨寳鑑雲臉鬢邊
斜插最相宜憑仗高樓頻囑付說與馬融羌管且停吹

鵲踏枝

南國寒輕山自碧庭際梅花先報春消息綺萼玉英何忍摘眞堪樹下陳瑤席　旋噴清香消酒力翦採無功粉筆爭描得一曲新歡須共惜等閒零落隨羌笛

又

斜日平山寒已薄雪過松梢猶有殘英落晚色際天天似幕一尊先與東風約　邀得紅梅同宴樂酒面融春春滿纖纖萼客意爲伊渾忘却歸船且傍花陰泊

又

故里山遥春靄碧寫想繁枝清夢何曾息縹帶霜英人不摘紛紛日暮飄裀席　休抱離腸憑酒力只有輕紈依約應傳得白髮未歸空自惜柔腸寄盡平陽笛

清平樂　李易安

年年雪裏常插梅花醉挼盡梅花無好意贏得滿衣清淚　今年海角天涯蕭蕭兩鬢生華看取晚來風勢故應難看梅花

又

寒溪過雪梅蘂春前發照影弄姿香苒苒臨水一枝風
月　夢遊髣髴仙鄉綠窗曾見幽芳事往無人共說愁
聞玉笛聲長

春光好

看看臘盡春回消息到江南早梅昨夜前村深雪裏一
朶花開　盈盈玉蘂如裁更風細清香暗來空使行人
腸欲斷駐馬裏回

殢人嬌　後亭梅花開有感

玉瘦香濃檀深雪散今年恨探梅較晚江樓楚館雲閒水遠清晝永凭闌翠簾低捲坐上客來尊中酒滿歌聲共水流雲斷南枝可插便須頻翦莫直待西樓數聲羌管

二色宮桃

鏤玉香苞酥點萼正萬木園林蕭索惟有一枝雪裏開江南有信憑誰托　前年記賞登高閣歎年來舊歡如昨聽取樂天一句云花開處且須行樂

河傳

香苞素質天賦與傾城標格應是曉來暗傳東君消息把孫芳回暖律　壽陽粉面增妝飾說與高樓休更吹羌笛花下醉賞留取時倚闌干闘清香添酒力

七孃子

清香浮動到黃昏向水邊疎影梅開盡溪邊畔清蘂有如淺杏一枝喜得東君信　風吹只怕霜侵損更新來插向多情鬢壽陽妝鑑雪肌玉瑩嶺頭別徽添粉

憶少年

疎疎整整斜斜淡淡盈盈脉脉徒憐暗香句笑梨花顏色　羈馬蕭蕭行又急空回首水寒沙白天涯倦客落忍一聲羌笛

烏夜啼　　權無染

洗淨鉛華汚玉顏自發輕紅無言雪月黄昏後别是箇丰容　骨瘦難禁消瘦香蒙不竝芳穠與君髙却花眼紅紫謾春風

浪淘沙

春色入横塘變盡凄涼青梢弄粉雪溪傍疑是化工偏着意欲試新妝　玉蓓鎖春藏占斷寒芳他時鼎鼐不須忙洩漏清香方有思别是春光

又

雪裏暗香濃乍吐瓊英横斜疎影月明中學傅胭脂桃與杏虛廢春工　素豔有誰同不竝妖紅應如褒姒笑時容絶勝梨花春帶雨旖旎春風

又

村左小溪傍粉黛宜芳寒添瀟灑冷添霜清瘦幾枝堪入畫竹映苔牆　踈影浸横塘月暗浮香當時會伴壽陽妝不似東君先倚檻洩漏春光

又　楊梅　王逐客

素手水晶盤壘起仙丸紅綃翦碎却成團逗得安排金粟遍何似雞冠　味勝玊漿寒只被宜酸莫將荔子一般看色淡香消僝僽損才到長安

梅苑卷九

欽定四庫全書

梅苑卷十

宋　黄大輿　編

點絳唇

洪覺範

沙水泠泠斷橋斜路梅枝亞雪花初下全似江南畫白璧青錢欲買應無價歸來也風吹平野一點香隨馬

又

破蕚江梅迥然標格冰肌瑩暗香疎影月帳銀塘靜

折取一枝與插多情鬢臨鸞鏡粉容相竝試問誰端正

又

煙淡黃昏小移疎影横斜去暗香微度點綴梢頭雨
玉管休吹更要畱春住人何處對花無語望斷江南路

又

點點江梅向疎籬處香風逗未容春透花亦知人瘦
姑射山頭誰伴黃昏後君知否自然孤秀横玉休三奏

又 題雪中梅　寶月

春遇瑤池長空飛下殘英片素光圍練寒透笙歌院
莫把壽陽妝信傳書箭掩香面漢宮尋遍月裏還相見

又

雪裏芳叢嶺頭還報東君信壽陽妝靚姑射冰肌瑩
曲岍橫斜清淺波相應風不定暗香疎影占斷花中韻

又

萬木凋殘早梅獨占孤根暖前村雪滿昨夜南枝綻
堪恨倚闌容易吹羌管飄瓊片翠蛾爭選貼向桃花面

又

昨夜寒梅一枝雪裏多風措幽香無數不與羣花語最是凝情月夜交光處誰爲主待須折取羌管休輕舉

又

春日芳心暗香偏向黄昏逗玉肌寒透抵死添清瘦影落横塘月淡人歸後君知否一枝先秀應向東君奏

又

賦雪歸來緑窗一夜霜氣緊也知春信消息南枝近

隱映斜陽玉暖香成陣西湖景繁英有恨只怕風侵損

虞美人

清江一曲君應見昨夜潮頭淺不爭落落鬬奇奇看取水邊寒蘂雪邊枝　日斜踈影還欹倒沙上嬌鶄老只今何處有新詩好在小春十月醉翁辭

醉落魄

瓊搓粉滴南枝只報江南折橫斜踈影溪邊窄翦碎白雲分付隴頭客　冰肌綽約疑姑射鉛華消盡見眞色

不隨桃李開紅白我爲東君來報春消息

又賞梅

梅花似雪賞花記得同歡悦更闌猶自貪攀折不怯春寒酒要待明月　如今月上花爭發疎枝冷蘂對離缺人心只道花爭别不道人心不似舊時節

更漏子

寶香餅桐葉卷蕩水痕微還鄉思遠信覺春遲野梅初見時　上潮風臨晚渡人欲過西江去吹塞管隴雲低

江南花未知

又

絳紗籠金葉蓋向曉燈花猶在冰未結小琉璃隴梅香
滿枝　雪無香花有意不是江南新寄霜月淨碧天寒
玉樓人倚闌

落梅花

宮煙如水温芳辰梅似雪相親數枝春惹香塵　壽陽
嬌面偏憐惜妝成一面花新鏡中重把玉纖匀酒初醺

古記

一枕𢢞𢢞春困記得小梅風韻何處最關情嫩蘂初傳芳信堪恨堪恨誰傍横斜踈影

又

臘半雪梅初綻玉肩瓊英碎翦素豔與清香别有風流堪羨堪羨包嫩蘂嫩羞破壽陽人面

又

疑是水晶宫殿雲女天仙寳宴吟賞欲黄昏風送一聲

羌管煙淡霜淡月在畫樓西畔

少年遊　李景先

江國陸郎封寄後獨自冠羣芳折時雪裏帶時香燈下
面詩爭先而今不怕吹羌管一任更繁霜玳筵賞處
玉纖整後猶勝嶺頭香

又　楊大年

江南節物水昏雲淡飛雪滿前村千尋翠嶺一枝芳豔
迢遞寄歸人壽陽妝罷冰姿玉態的的寫天真等閒

風雨又紛紛更忍向笛中聞

生查子

青帝曉來風偏傍梅梢蘂未放玉肌開已覺龍香噴此意比佳人爭奈非朱粉惟有許飛瓊風味依稀近

又

朔風吹凍雲雲破天容碧新月過溪來隱見橫雲色天與水爭妍花與月爭白一倩管城君寄此春消息

總校官候補知府臣葉佩蓀

校對官賛善臣陳昌齊

謄録監生臣梁天重

圖書在版編目（CIP）數據

梅苑 / (宋) 黄大輿編. —北京：中國書店,
2018.2
ISBN 978-7-5149-1911-0

Ⅰ. ①梅… Ⅱ. ①黄… Ⅲ. ①宋詞－選集 Ⅳ.
①I222.844

中國版本圖書館CIP數據核字(2017)第319128號

四庫全書·詞曲類

梅苑

作者 宋·黄大輿編
出版發行 中國書店
地址 北京市西城區琉璃廠東街一一五號
郵編 一〇〇〇五〇
印刷 山東汶上新華印刷有限公司
開本 730毫米×1130毫米 1/16
印張 16.75
版次 二〇一八年二月第一版第一次印刷
書號 ISBN 978-7-5149-1911-0
定價 五八元